원래 어른이
이렇게
힘든 건가요

원래 어른이
이렇게
힘든 건가요

김종원 지음

mindset

．

근사한 어른으로 거듭날

_____ 에게

프롤로그

그대는 자신의 이유로 살고 있는가?

사는 게 참 쉽지 않다. 살면 살수록 삶은 왜 더 살기 힘들어지는 걸까? 사실 스무 살을 지나면서 어른의 대열에 진입하지만, 방황은 끝나지 않는다. 그걸 증명하듯 "대체 무엇을 선택해야 하며, 어디로 향해 걸어가야 하는가?"라고 묻는 사람이 참 많다. 나는 이렇게 질문하는 이들에게 도움을 줄 수 있는 글을 쓰고 싶었다. 그리고 보다 효과적인 글을 쓰려면, 어른의 정의부터 제대로 내려야 했다.

그리하여 '어른을 어떤 말로 정의할 수 있을까?'에 대해 오랫동안 사색하며, 세상에 질문했다. 다 자란 사람, 돈을 벌기 시작한 사람, 누군가를 책임질 수 있는 사람, 독립해서 사는 사람 등 수많은 정의가 있을 수 있지만, 적절하다는 생각이 들지 않았다. 무늬만 어른인 사람을 표현한 허상의 언어라고 생각했기 때문이다. 그렇게 10여 년의 사색 끝에, 나는 드디어 어른을 설명할 수 있는 한 줄을 끄집어낼 수 있었다. 바로 '자신의 이야기를 가장 진실한 언어로 솔

직하게 표현할 수 있는 사람'이다. 이 문장을 조금 더 쉽게 변주하면 '자신의 이유로 사는 사람'이라고 할 수 있다.

타인이 아닌 자신의 이유로 사는 사람들의 삶은 그렇게 하지 못하는 사람과 크게 다르다. 그들은 무엇을 하든, 준비가 따로 필요하지 않다. 가령 누군가 강연을 요청해도, 잠을 자다가도 바로 일어나 2시간 정도는 감동스러운 강연을 펼칠 수 있다. 이는 결코 말을 잘해서가 아니다. 이유는 간단하다. 다름 아닌 강연으로 들을 가치가 있는 자기만의 삶을 살고 있어서다.

이렇게 나는 누군가에게 말과 글로 전할 수 있는 진실한 삶을 살고 있는 사람을 어른이라고 정의하기로 했고, 나이만 먹고 아직 어른이 되지 못해 방황으로 일상을 허비하고 있는 사람들을 위한 책을 쓰기로 결심했다. 그렇게 거센 사색의 강을 건너며, 수많은 시간이 흘렀고, 비로소 그 속에서 깨달은 것을 글로 쓸 수 있었다.

분명 어렵고, 고통스러운 작업이었다. 그 와중에 나는 "좋은 영감은 모두 작가님에게 찾아가는 것 같다."라는 소리를 많이 들었다. 즉, 에피소드에도 등급이 있다면 A, B, C로 나눴을 때, A등급의 근사한 에피소드만 생긴다는 오해를 받은 것이다. 하지만 세상에 그런 사람은 존재하지 않는다. 왜냐하면 우리 모두는 어디에서 무엇을 하든, 비슷한 세상을 제공받으며 살아가기 때문이다. 그런데도 내게 A급의 에피소드가 자주 찾아오는 것처럼 보이는 이유는 B와 C등급의 에피소드가 찾아왔을 때, 그것을 오랫동안 깊이 사색함으로써 A등급의 에피소드로 만들어내는 덕분이다. 다시 말해 비슷비슷한 에피소드이지만, 내게 일어나는 모든 에피소드에 시간과 정성을 들여 A급으로 올리는 것이다.

앞서 말했듯 10여 년을 24시간 사색하고, 실천하며, 깨달은 삶의 정수를 한곳에 담았다. 그렇기에 이 책을 선택한 당신은 진정한 어른이 된 자신과 마주하게 될 것이다. 누군가의 성공과 성장을 지켜보며 시기하지 않고, 자기 삶에 더욱 집중하게 될 것이라는 말이다. 한 문장 한 문장 읽어갈 때마다, 타인을 시샘하는 것은 자신이 가진 것을 모욕하는 것과 같다는 사실을 깨달을 것이기에. 한 번 더 말하지만 현명한 어른은 질투하지 않는다. 자신이 더 근사한 것을 가졌다는 믿음이 강력해서다.

○ ○ ○

이제 타인은 지우고, 그대 자신을 보라.
우리의 삶을 바꿀 위대한 한마디는
가장 절실하게 필요한 순간
벼락처럼 우리에게 다가온다.
지금이 바로 그 순간이다.
당신은 그저 받기만 하면 가질 수 있다.

온갖 종류의 시험과 자격증을 비롯한
세상이 말하는 온갖 스펙에서 자유로울 때,
우리의 인생은 한 줄기 햇살에도
저마다의 색으로 밝게 빛난다.
모두가 하는 일에서 신경을 끊을 때,
우리들 인생은 자기만의 길로 들어선다.
익숙한 곳에서 벗어나면,
낯선 곳의 주인이 된다.

（2장）

내 생각 속에 숨어 있는
강력한 힘을 꺼내는 법

6장

태양을 본 자가
촛불에 연연하지 않는 이유

1장

현명한 어른은
감정에 흔들리지 않는다

"괜찮아질 거야."라고 수천 번 외쳐도
괜찮아지지 않는다

한 번은 개인적인 하소연과 자신을 방어하는 듯한 느낌의 글을 SNS에 올린 사람이 있어서, 스치듯 읽어봤다. 간단하게 소개하면 아래와 같다.

"이런 나를 이해하지 못하는 사람도 있겠지만, 내게는 분명한 이유가 있어서 당당하다. 날 함부로 대하지 마라. 난 충분히 강하니까."

강력한 의지와 굳은 심지가 느껴지도록 썼지만, 이상하다고 느낀 이유는 그의 이런 식의 글이 그날 하루만의 일이 아니었기 때문이다. 맞다. 그는 이와 비슷한 글을 매일 자신의 SNS에 올리고 있었다. 몇 개의 예시를 더 들어본다.

"누가 보면 이게 과시라고 말하겠지만, 내게는 분명한 의미가 있는 소비라서, 어떤 사람 앞에서도 당당하다. 그러니 누구도 날 함부로 재단하거나 폄훼하지 마라."
"나를 뒤에서 욕하고 비난하는 사람이 많다는 사실을 알고 있다. 그러나 나는 아무런 신경도 쓰지 않는다."

여기까지 읽은 나는 오히려 그가 너무나 연약한 사람이라는 생각이 들었다. 자꾸만 자신이 시작한 일이나 구매하는 물건에 대해 변명하는 글을 써서 주변에 알리고 있다면, 그는 그의 말대로 당당한 게 아니라, 실은 매우 연약한 내면의 소유자라고 볼 수 있다. 이는 그가 설정한 전제로 증명할 수 있다.

'이해하지 못하는 사람도 있겠지만'

'과시라고 말하겠지만'

'욕하고 비난하는 사람이 많지만'

정말 당당하다면 그 전제를 모두 빼고, 그저 자신의 현재만 간단하게 쓰면 된다. 아니, 애초에 그런 글을 쓸 필요도 없다. 그렇게 아무리 스스로 괜찮다고 외쳐도, 괜찮아지지 않는다. 불안한 상태에서의 그런 외침은 오히려 자신을 더욱 벼랑 끝으로 인도할 뿐이다.

○○○

모든 인간은 두려움 앞에 나약하다.

그대가 만약 그런 상태에 있다면,

주변 소리에 하나도 신경 쓰지 마라.

괜찮은 척한다고 괜찮아지는 건 아니다.

당당한 내면의 모습은

조용한 일상으로 자신을 증명하는 것이지,

소리의 크기와 발언의 강도로

보여주는 것이 아니라는 사실을 명심하자.

당당한 내면의 모습은
조용한 일상으로 자신을 증명하는 것이지,
소리의 크기와 발언의 강도로
보여주는 것이 아니다.

인생의 허무를 느끼지 않고 사는 사람들의
4가지 태도

허무한 감정은 자신을 품은 사람의 내면을 처참하게 파괴한다. 그런 나날이 이어지면, 무기력에 빠져 다시 일어서지 못하기도 한다. 그런데 세상에는 어떤 경우에도 허무한 감정에 휩싸이지 않고, 늘 활기 넘치는 인생을 사는 사람이 있다. 또 우리는 그들의 삶에서 다른 사람에게는 없는 특별한 4가지 태도를 발견할 수 있다.

첫째, 스스로 행복의 통로가 된다. 나만 행복하려는 마음은 종종 일상에서 길을 잃게 만든다. 세상에 기여할 수 있는 게 없기 때문이다. 삶의 허무를 느끼지 않으려면, 자신의 일과 미래에 대한 고민을 하며, 부족함을 느끼는 사람들에게 행복의 도구로 쓰이기를 소망하는 게 좋다. 한마디로 '소중한 사람들에게 도움을 주는 마음'으로 하루를 보내는 것이다.

둘째, 될 수 있는 한 좋은 마음을 주변에 전하며, 무엇보다도 자유를 남들보다 더 사랑한다. 이런 태도가 중요한 이유는 나라마다 문화가 있듯, 개인에게도 나름의 문화가 있는데, 자신의 자유를 사랑함으로써 하나의 특별한 문화가 만들어지고, 주변에 좋은 마음을 전하며, 그 문화를 더 멀리 전할 수 있는 덕분이다.

셋째, 첫 마음을 잊지 않고 새롭게 시작한다. 성공 그 이후의 모습이 더 중요함은 누구나 알고 있다. 그럼에도 하나의 일이 잘된 이후 지속해서 성장하지 못하고, 무너지는 이유는 잘된 그 하나에 너무 얽매이기 때문이다. 하지만 그들은 하나가 잘된 후에는 그 하나를 완전히 잊고, 새롭게 시작하는 마음가짐으로 산다. 이때 과거의 영광에서 시작하는 게 아니라, 전혀 다른 출발선에서 시작한다.

넷째, 불행의 언어를 말하지 않는다. 가장 중요한 태도다. 불행은 이상한 성질을 갖고 있는데, 말하면 말할수록 점점 더 커진다는 것이다. 가장 슬픈 현실은 자신의 삶에 얼마나 최악의 영향을 미치는지 짐작하지 못한 상태로, 불행을 안고 살아간다는 사실이다. 더욱이 부정적인 생각은 매우 유혹적이라 벗어나기도 쉽지 않다. 방법은 단 하나, 부정적인 생각이 100번 들면, 긍정의 생각을 101번 하면서 부정을 스쳐야 한다. 이렇게 내면에서 불행을 잠재워야, 입에서 불행의 언어가 나오지 않게 할 수 있다. 허무한 감정에 휩싸이지 않는 사람들은 언제나 불행을 긍정으로 덮는 노력을 무수히 하고 있다고 보면 된다.

만일 일상에 허무함이 찾아왔다면, 활기 넘치는 삶을 만들어가는 이들의 특별한 태도 가운데 가장 접근하기 쉬운 하나부터 따라 해보면 어떨까? 때론 시작 자체가 당신의 삶을 바꾸는 기적이 될 수 있으니까.

베토벤이 매일 새벽 5시에 일어나 반복한 루틴

세계인이 사랑하는 음악가 베토벤에게는
흔들리는 멘탈을 붙잡는 루틴이 있었다.
음악가에게 귀가 들리지 않는다는 사실은
사형 선고나 다름없는 소식이었지만,
죽고 싶은 강렬한 욕망도 가뿐히 이겨내고,
명작을 창조할 수 있었던 건,
바로 새벽 5시의 루틴 덕분이었다.

아무리 밤늦게까지 작곡을 해도
그는 매일 새벽 5시에 일어났다.
그리고 일어나자마자 커피 원두를
직접 골라서 커피를 내려 즐겼다.
중요한 건 언제나 60알의 원두를
하나하나 선별해서 골랐다는 점이다.

하나, 둘 그리고 셋……

그렇게 60개의 원두를 하나하나
집중하며 선별해서, 커피 한 잔을 만드는 동안
어지럽게 흩어져 있던 그의 마음은
'불안'과 '고통'의 대지에서 벗어나
'창조'와 '평온'이라는 근사한 공간으로 모였다.

그렇게 죽는 날까지 반복한
새벽 5시의 견고한 루틴 덕분에
수많은 작품을 창조할 수 있었으며,
우리가 아는 베토벤이라는
위대한 음악가가 될 수 있었다.
미라클 모닝의 가치를 실제로 경험하며,
평생을 살았던 그는 다음과 같은 말을 남겼다.
그가 남긴 말에 내 생각을 더해,
현대에 맞게 재해석해서 소개한다.

"가장 뛰어난 사람은
고뇌를 통하여 환희를 차지한다.
고난의 시기에 동요하지 않는 것,
이는 진정 칭찬받을 만한

뛰어난 인물의 증거다.
국가가 헌법을 지니지 않으면 안 되듯,
개인도 자신의 루틴을 갖고 살아야 한다."

"그대가 자신의 불행을 잠재울 수 있는
세상에서 가장 좋은 방법은
매일 새벽부터 일에 몰두하는 것이다.
하늘에서 떨어지는 물이 돌도 뚫는다.
정말로 그 연약한 물이, 결국 돌을 뚫는다."

"역사적으로 훌륭한 인간의 특징은
불행하고 쓰라린 환경에서도
끈기 있게 참고 견딘다는 사실에 있다.
고된 나날이지만 그 안에서
나날이 성장하며 나아지고 싶다면,
매일 자신에게 기적과도 같은 말을 들려줘라."

"나는 운명을 스스로 결정할 수 있다.
어떤 일이 있더라도 운명에 지지 않는다.
그게 바로 내가 매일 새벽 5시부터

아침 식사 때까지 공부하며 사는 이유다.
제아무리 벌이 쏘았다 하더라도,
질주하는 사나운 말을 멈추게 할 수는 없다."

"지난날은 이미 엎질러진 물이라서
아무리 노력해도 다시 담을 수 없다.
하지만 우리에게는 아직 쏟아지지 않은
내일이라는 멋진 가능성이 있다.
힘든 환경 속에서도 자신의 빛나는 목표와 꿈을
마침내 이뤄낸 사람에게는 모두 일정한 시간에
매우 특별한 방식으로 자신의 하루를 깨웠다는
아름다운 공통점이 있다."

"누구보다 운이 좋은 사람이 되고 싶다면,
내면을 풍요로운 대지로 만드는 게 우선이다.
미움과 시기, 그리고 혐오와 같은 감정을 버려라.
그 대지 위에는 당신의 기적을 가능하게 만들
수많은 언어가 꽃처럼 아름답게 피어날 것이다.
매일 자신을 깨우는 하루를 경험해라.
누구든 꿈에 한 걸음 더 다가설 수 있다."

'내일'이 이끄는 삶이 아닌,
'내 일'이 이끄는 삶

같은 낱말로 이루어졌지만, '내일'과 '내 일'은 전혀 다른 느낌을 풍긴다. 가령 '내일이 이끄는 삶'은 억지로 세월에 끌려가는 것 같지만, '내 일이 이끄는 삶'은 스스로 하고 싶은 일을 하며, 자기 삶을 주도하는 모습을 떠올리게 한다. 그리고 누구나 후자의 인생을 살고 싶어 한다. 내 일이 이끄는 삶을 원한다면 다음 5가지 삶의 태도를 가져야 한다.

첫째, 당신 자신의 일을 해라. 모두가 각자 해야 할 일에 전념하면, 세상은 평화롭게 흘러간다. 인생도 마찬가지다. 자기 일에 소홀한 사람이 자꾸만 남이 하는 일에 간섭하고 훈수를 두기 시작하면서, 세상은 혼란에 빠진다. 어떤 경우에도 본인의 일을 해라. 꾸준히 자신의 일을 하면, 혼란 속에서도 중심을 잡을 수 있다.

둘째, 몸가짐이 당신의 가치를 보여준다. 뭘 해도 잘 해내고, 행운과 복이 깃든 인생을 사는 사람들의 몸가짐은 언제나 바르다. 감정의 높낮이가 심하지 않으며, 음성과 사소한 행동 하나에서도 평온과 깊이가 느껴진다. 급하게 서두르지 말고, 평온한 마음을 유지해라. 몸가짐은 자신의 가능성을 세상에 보여주는 일이니까.

셋째, 무식해지는 것을 두려워하지 마라. '이렇게 말하고 글을 쓰면, 나의 무지가 드러나는 게 아닐까?'라는 생각 자체를 버려야 한다. 어차피 우리는 자기가 가진 것만 세상에 보여줄 수 있다. 그런 현실을 인정하고, 당당하게 보여줌으로써, 스스로 나아지는 삶을 살아갈 수 있다. 당장의 무식과 무지보다, 허위와 허세로 포장한 삶이 더욱 위험하다는 사실을 자각하자.

넷째, 성장은 작은 가능성으로 쌓은 탑이다. '이제 그 사업은 가망이 없어.', '좋은 건 이미 다 나온 상태야.', '이미 포화 상태라서 길이 보이지 않네.' 분야를 막론하고 이렇게 생각하며, 더는 가능성이 안 보인다고 말하는 사람이 있다. 하지만 지금도 새로운 것을 만들어내는 사람들이 있다. 그들은 '아직 이 세상에는 가능성이 존재하며, 지금까지 사람들이 발견한 것은 극히 일부분에 불과하다.'라고 믿으며, 삶을 변화시킨다. 즉, 성장은 거대한 것을 발견해야 도달할 수 있는 것이 아니라, 매일 작은 것이라도 가능성을 찾아서, 하루하루 탑을 쌓는 작업으로 이루어진다.

다섯째, 선배의 경험은 인생을 지탱하는 최고의 자본이다. 자신이 최고라고 생각하는 자신감도 반드시 가져야 하는 성장의 덕목이다. 그렇다고 당신이 가는 그 길을 먼저 경험한 수많은 선배의 이야기를 듣지 않고 지나치는 건 위험하다. 뒤에 가는 사람은 먼저 간 사람의 사례를 참고하여, 같은 실패와 시간 낭비를 되풀이하지 않고, 그것을 넘어 한 걸음 더 나아갈 수 있다. 그러니 지혜롭게 내 일이 이끄는 삶을 살려면, 선배의 경험을 멋지게 활용해라.

모든 오래된 경계에는
꽃이 핀다

서로 이기겠다고 속도를 내며
쏟아지듯 달리고 있는
자동차로 가득한 도로 중앙에서
고고한 자태를 뽐내며,
피어난 아름다운 꽃을 봤다.

당신도 한번 유심히 살펴봐라.
경쟁으로 치열한 도로 위에서는
어떤 생명도 자랄 수 없지만,
오가는 차로 가득한 중앙에서는
그 가느다란 경계선으로 인해,
꽃을 비롯한 생명이 탄생해서 자란다.

그러나 그건 보이는 것처럼
쉬운 일이 절대 아니다.
경쟁하며 타인을 누르지 않고,

남들이 간다고 따라가지 않은 자만이
경계에 설 수 있어서다.

오가는 어떤 자동차도
침범할 수 없는 도로 중앙에서
오랫동안 중립을 유지한다는 것이,
자기만의 향기를 전한다는 것이,
얼마나 아름답고 근사한 일인지
모범을 보여주듯 서 있는 꽃을 보면,
우리들 삶의 중심을 잡을
어떤 원칙을 발견하게 된다.

가서 한번 보라.
당신이 내면의 소리를 따른다면,
그리하여 어디에도 치우치지 않는다면,
도로에서도 꽃은 피듯,
당신도 이 치열한 경쟁 속에서
자신을 향기롭게 피울 수 있다.

누구보다 운이 좋은 사람이 되고 싶다면,
내면을 풍요로운 대지로 만드는 게 우선이다.

어떤 상황에서도
용기와 행복을 잃지 않는 법

"당신은 무엇이 우리에게 행복을 준다고 생각하나?"라는 물음에 프랑스 소설가 루소는 "두둑한 통장과 훌륭한 요리사 그리고 소화력이 행복을 결정하는 요소의 전부다."라고 답했다. 이것이 지극히 1차원적인 답변이라고 생각할 수도 있지만, 그의 삶을 조금이라도 아는 사람은 매우 입체적인 생각을 요구하는 표현임을 금방 깨달을 수 있다. 왜냐하면 루소는 평소에 인간은 누구나 선하게 태어났지만, 공교롭게 인간의 손을 거치면서 타락하고, 불행에 빠지게 된다고 주장했기 때문이다. 이 말은 무엇을 의미하는 것일까?

잠시 내 이야기를 하자면, 나는 지금까지 70권이 넘는 책을 썼다. 그러나 모든 책이 독자의 사랑을 받은 것은 아니다. 아니, 오히려 처참하게 실패할 때가 더 많았다. 내 모든 것을 쏟았기에 그로 인한 상실감은 더욱 크게 밀려왔다. 반대로 예상도 하지 못한 큰 사랑을 받기도 했다. 그땐 내 진심과 사랑이 세상에 전해졌다는 기쁨에 흠뻑 젖어서 행복감을 느꼈다.

중요한 사실은 여기부터다. 그럴 때마다 내가 찾은 곳은 풍경이 아름다운 야외나 여행지 따위가 아니라, 내게 처참한 순간을 안겨 주거나, 기쁨을 전해준 집필실이었다. 내가 그 공간에서 무엇을 했을까? 그리고 무엇이 나를 거기로 이끈 걸까? 나는 마치 어지러운 공간을 청소하듯 거기서 다시 집필을 시작했고, 혼자서 슬픔을 이겨내거나, 기쁨을 즐겼다. 이렇듯 사람에게는 늘 다시 돌아갈 공간이 필요하고, 그 공간에서 비로소 자기 자신이 되어 중심을 잡고 살아갈 힘을 얻을 수 있다.

루소가 강조한 행복의 비결 역시 마찬가지로, '혼자로의 회귀'를 뜻한다. 즉, 자신을 위한 식사를 즐기며, 밖에서는 만날 수 없는 가장 소중한 자기 자신과 조우하는 시간이 소중하다는 말이다. 인간은 누구나 선하게 태어난다. 하지만 그의 말처럼 밖에서 다른 인간과 관계를 맺고, 그 과정에서 타락하고, 훼손된다. 그러므로 우리는 매일 잠시라도 자신과 만나는 시간과 공간을 마련해야 한다. 그래야 불행을 거둬내고, 용기를 자신에게 허락할 수 있다.

◦◦◦

당신이 위로할 사람은 당신 자신이라는
그 소중한 사실을 잊지 말아야 한다.

누구보다 당신 자신에게 친절해라.

세상이 모두 당신을 괴롭혀도,

자신만은 늘 친절해야 한다.

스스로 자신에게 행복을 주지 못하는 사람은

어떤 상황에서도 행복할 수 없다.

책에서 변명을
찾지 마라

독서는 반드시 자신을 치열하게 실천하는 사람에게 원하는 결과를 제공해야 한다. 돈이든, 지혜든, 원하는 무언가를 얻어내는 과정이 되어야 한다는 말이다. 하지만 왜 제대로 되지 않을까? 답은 의외로 매우 간단하다. 만일 독서를 통해 당신이 무언가를 얻으려고 한다면, 이 이야기를 주의 깊게 읽어보길 바란다.

누군가 이런 이야기를 했다. "최근 어떤 책을 읽었는데, 오랫동안 잠을 자고, 편안해야, 뇌가 최적화된 상태가 되어서 생산성이 높아진다고 하네요." 이 사람은 왜 이런 이야기를 하는 걸까? 이 사람이 추구하는 삶은 무엇일까? 그가 이 이야기를 들려주는 이유는 간단하다. 오랫동안 잠자고, 편안한 상태를 유지하라는 책의 메시지가 자신의 일상과 유사하며, 힘들지 않고 계속 그렇게 살아가는 동시에 생산성을 높이고 싶어서다. 그리고 그렇게 살았는데, 생산성이 높아지지 않는 당황스러운 상황에 놓이게 되면, "나는 책에서 하라는 대로 했을 뿐이야!"라고 변명거리를 만들어두기 위해서다.

여기서 나는 이 말을 들려주고 싶다.

"한 사람의 삶의 궤적은 그가 책을 선택하는 방향과 일치한다."

이를 다시 풀이하면, "책장을 보여주는 행위는 자기 내면을 공개하는 것과 같다."고 할 수 있다. 어떤 사람이든 그가 선택해서 읽는 책을 보면, 평소 무엇을 추구하는지 알 수 있어서다. 이 같은 관점에서 나는 창의성에 있어서는 앞에 소개한 사람과 전혀 반대되는 의견을 품고 있다. "가장 불편한 상태에서 우리는 가장 창의적인 것을 찾을 수 있다."가 바로 그것이다. 그래서 창의성에 대한 나의 한 문장은 언제나 "편안하다고 느끼는 순간, 두뇌는 활동을 멈추게 된다."이다. 이로써 나는 매일 24시간 덜 자고, 덜 유혹당하고, 더 찾고, 더 질문한다. 또 덜 먹고, 덜 즐기며, 더 자제하고, 더 농밀해진다.

더 자고, 더 유혹당하고, 더 먹고, 더 즐겨야 창의성을 발휘할 수 있다고 말하면, 본능에 충실한 세상의 90% 사람에게 지지를 받는다. 그런데 그게 제대로 될까? 과거를 돌이켜봐도 90%의 다수가 잘되고, 운명을 바꾸며, 돈을 버는 시대는 없었다. 게다가 다수가 가는 곳에서는 천국을 만나기 어렵다. 그런데도 그들은 자신이 믿는 것을 책에서 발견할 때 반응하며, 그 믿음이 자신의 꿈이 이루어지게 해줄 거라고 확신한다. 중요한 사실은 그런 방식으로 책을 읽어서 원하는 것을 얻었다는 사람을 나는 아직 본 적이 없다는 점이다.

물론 다양한 사람이 있고, 전부가 그렇다고 단정할 수는 없다. 세상에 정답은 없으니까. 그러나 나는 계속 내가 말한 대로 살고 있으며, 입이 아닌 삶으로 증명하고 있다. 언제나 삶이 그 사람의 답이다.

○ ○ ○

당신이 변화를 꿈꾼다면,

책에서 변명을 찾지 말고,

당신을 살릴 방법을 찾아라.

무작정 잘해주는 사람이
가장 좋은 사람이다

수많은 심리학자와 철학가는
우리에게 이렇게 조언한다.
"세상에 정상적인 사람이 있다면,
그건 당신이 잘 모르는 사람일 뿐이다."

이건 부정적인 의미의 말이 아니다.
사람들이 비정상이라는 것이 아니라,
모두가 제각각 고유한 가치를
내면에 품고 있다는 표현이다.

사람은 모두 다르다.
그러나 제대로 알게 되면,
결국 사랑하게 된다.
여전히 누군가를 미워하고 있다면,
그를 제대로 모르기 때문이다.

물론 사람은 참 쉽지 않다.
늘 믿다가 배신을 당하고,
반대로 믿지 않았던 사람에게
감동하기도 한다.
뭐가 옳은 걸까?

나는 이렇게 생각한다.
"내게 어떤 이유도 없이
돈을 쓰는 사람은,
조심해야 한다.
그를 잃지 않도록."

여기에서 말하는 돈은
수많은 가치와 변주가 가능하다.
내게 이유 없이 마음과 시간,
그리고 순결한 믿음을
아낌없이 주는 사람이 있다면,
그를 잃지 않도록 조심해야 한다.

아무런 이유 없이 소중한 것을 준다는 것은

"나를 참 많이 아끼고 있다."는 의미니까.

사랑하는 연인들에게
왜 서로를 사랑하느냐고 질문하면,
답은 의외로 매우 간단하다.
"사랑에 이유가 있나요?
그냥 이 사람이라서 사랑합니다."

세상에 이유가 없다는 것보다,
더 근사한 이유는 없다.
이유가 없으니 사라질 염려도 없고,
변할 걱정도 할 필요가 없다.
그저, 무작정 좋은 거니까.

무작정 잘해주는 사람이
가장 좋은 사람이다.
당신이 작정하고,
사랑해야 할 사람이다.

최선을 다했지만
한계에 부딪힌 사람들에게

축구 경기를 하거나 중계를 보다 보면, 주인 없는 공이 떨어지는 경우가 있다. 이때 가장 빠르게 달릴 수 있는 사람이 그 공의 주인이 되어, 운동장을 지배한다. 이에 이영표 선수는 주인 없는 공이 생길 때마다 '저 공을 내가 다 가져가고 싶다.'라고 생각했다고 한다. 그리고 그는 생각에만 그치지 않고, 자신에게 '어떻게 하면 빠르게 움직일 수 있을까?'라는 질문을 던져, 줄넘기하기라는 답을 얻어 당장 실행에 옮겼다.

실제로 그는 고등학교 1학년 때부터 줄넘기 2단 뛰기를 매일 1,000개씩 반복하는 훈련을 시작했다. 그런데 말이 쉽지 1,000개의 2단 뛰기를 처음부터 쉬지 않고, 연속으로 하기는 어렵다. 이영표 선수 역시 처음에는 100개가 한계였다. 하지만 그는 포기하지 않았다. 100개를 10번 반복해서 자신이 계획한 하루 1,000개라는 목표를 달성했고, 그런 일상을 반복했다. 그러자 끝내 자기 뜻대로 한 번에 1,000개를 할 수 있는 강인하고, 재빠른 몸을 가질 수 있게 되었다. 한계에 부딪힌 자신을 '최선의 강'에 던져서 극복해낸 것이다. 당연히 '경기장에 떨어진 모든 공을 가지겠다.'는 목적도 이루었다. 그즈음 이영표 선수는 자신을 바꿀 위대한 한마디를 만나게 된다.

> "매일 작은 노력을 통해, 인간은 결국 기적을 만나게 된다. 그리고 그때 만난 기적은 나를 살릴 평생의 자산이 된다."

그의 삶은 사람들에게 이렇게 외친다. "세상에는 2가지 일이 있다. '하고 싶은 일'과 '해야 하는 일'이 그것이다. 하고 싶은 일은 매일 우리를 유혹한다. 모두를 잡아끌 수 있을 정도로 중독적이기 때문이다. 하지만 하고 싶은 일만 반복하면서 살면, 나중에 해야 하는 일을 어쩔 수 없이 하면서 살게 된다. 그로 인해 자유와 행복을 서서히 빼앗기며 살게 된다. 반대로 당신이 지금 해야 하는 일을 하면서 하루를 최고로 농밀하게 보낸다면, 나중에 하고 싶은 일을 즐기며 살 수 있다. 완전히 다른 삶을 스스로 창조할 수 있게 되는 것이다."

이영표 선수가 2년 동안 매일 줄넘기 1,000개를 했던 건, 하고 싶은 일을 하기 위해서 선택한 해야 하는 일이었다. 이처럼 하고 싶은 일과 해야 하는 일의 균형을 이루게 되면, 누구든지 발전할 수밖에 없다. 결국에는 자신이 원하는 곳에 도달하게 해주니까.

○ ○ ○

재능은 찾는 것이 아니라,
매일 조금씩 만드는 것이다.

복잡하게 생각하면
결과도 복잡해진다

누군가에게 자기 생각과 판단을 말한 후,
많은 사람이 돌아서서 이런 고민을 한다.
'저 사람이 다르게 생각하면 어쩌지?'
'혹시 나를 오해하는 건 아닐까?'
'지금이라도 말을 바꿔야 하나?'
'조금 더 설득을 해야 할까?'

하지만 스스로 무언가를 판단했다면,
상대방 반응을 보면서
복잡하게 머리를 굴릴 필요가 없다.
어차피 상대방에게
당신이 머리 굴리는 소리가 다 들리니까.

그러니 당신이 진심을 담아 선택했다면,
굳이 그걸 상대에게 허락을 구하거나,
인정을 받으려고 애쓸 필요 없다.

복잡하게 생각한 것들은
언제나 결과도 복잡해지고,
심플하게 추진한 것들은
언제나 결과도 심플해서 좋다.

초라한 현실이
근사한 미래로 바뀌는 과정

"꿈을 크게 가져라, 깨져도 그 조각이 크다."라는 말이 있다. 분명 좋은 말이다. 하지만 왜 그 말이 현실에는 적용이 되지 않을까? 아무리 큰 꿈을 가져도 가루가 날 정도로 깨져서, 아무런 변화도 이끌어내지 못하는 이유가 무엇일까? 바로 모든 꿈은 3단계 과정을 거쳐야, 비로소 현실로 이루어진다는 사실을 잘 모르고 있어서다.

먼저, 온갖 시기와 지적을 받는다.

"그게 되겠어? 그냥 포기하는 게 어때?"
"다들 못한 것을 네가 무슨 수로 하겠어?"
"남들은 바보냐? 가능하면 이미 누군가 했겠지."

이런 말을 들으며 이겨내도, 다음과 같은 저항에 직면하게 된다. 지인의 결별 선언을 듣게 되는 것이다.

"우리는 길이 다르네!"

"네가 그렇게 무모한지 몰랐어!"

"이쯤에서 난 손 들어야겠네."

그러함에도 불구하고 흔들리지 않고 끝까지 간다면, 당신은 결국 꿈을 이룰 것이다. 그리고 이번에는 이런 식의 찬사를 듣게 된다.

"거봐, 내가 너 해낼 줄 알았어!"

"역시 내 친구야!"

당신이 가슴에 품은 모든 근사한 꿈이 현실에서 수많은 비난과 조롱을 받는 이유는, 그들이라는 항구가 당신이라는 거대한 배를 받아들일 크기가 되지 않아서다. 한마디로 그들의 시야와 크기로는 당신을 감당하지 못해서 그렇다. 그러니 주변 사람들의 말에 조금도 흔들리지 말고, 그저 맹렬히 앞으로 가라.

○ ○ ○

뭐든 시작하면,

결국 이루어진다.

"이건 이야기하지 않으려고 했는데"를
남발하는 사람과 어울리지 마라

　습관적으로 "이건 이야기 하지 않으려고 했는데"라는 말을 사용하는 사람이 있다. 내가 이런 사람과 어울리지 말라고 하는 이유는 뭘까?

　첫째, 이렇게 시작하는 모든 내용은 상대방에 대한 부정적 의견일 가능성이 높고, 둘째, 그는 모든 비밀과 마음속 나쁜 이야기를 다 해버리고 말 것이기 때문이다. 특히 두 번째 이유가 최악인데, 참는 과정에서 분노와 부정적 견해의 몸집이 커져서, 듣는 사람 입장에서는 더욱 짜증 나는 상황이 벌어질 것이 분명해서다. 그리고 절로 이런 생각이 든다. '결국에는 다 말할 거잖아. 그냥 참지 말고 그때그때 다 말해!'

　그런데도 우리는 왜 그런 사람과 계속 관계를 유지하는 것일까? 이 질문에 대한 답을 구하고, 자신의 삶을 돌아보게 하려는 것이 이 글의 핵심이다. 답은 다름 아닌, 혼자 있지 못하기 때문이다. 홀로 있음을 견딜 수 없으니, 매번 실망하며 돌아서면서도 또다시 그 사람을 만나게 되는 것이다.

겉으로는 "너에게 기회를 한 번 더 주겠어.", "내가 착해서 너랑 만나는 거다.", "그래, 내가 한 번만 더 믿는다!"라고 하지만, 본질로 들어가 보면, 혼자가 되는 것이 두려워 변명을 찾아 자신의 나약한 내면을 감췄을 뿐이다.

혹 그런 모습을 떨쳐내고, 강인한 내면의 소유자가 되고 싶다면, 아래의 문장을 시를 읽듯 읽어봐라. 자주 읽으면 더욱 도움이 되니, 필사해 늘 가지고 다녀도 좋다.

◦◦◦

자유는 수많은 사람과
어울리며 소통하는 것만을
말하는 것이 아니다.

더 큰 자유는 고독에 있다.
혼자 있는 시간을 즐기며
자신과 마주할 때,
우리는 가장 큰 자유를

내 안에 담을 수 있다.

만약 당신이 혼자 있지 못한다면,
당신이 생각하는 자유는
오히려 구속일 가능성이 높다.
고독할 줄 모르는 자는
자유가 뭔지 알 수 없다.
가져본 적이 없으므로.

우리는 자신과 마주할 때,
자유라는 날개를 달게 된다.

혼자 있는 시간을 즐기며
자신과 마주할 때,
우리는 가장 큰 자유를
내 안에 담을 수 있다.

친구와의 약속이 취소가 되면
오히려 기쁜 사람

당신은 친구와의 약속이
상대방에 의해서 갑자기 취소되면
어떤 기분이 드는가?
아마도 좋은 기분이 들기는 힘들 것이다.
자연스럽게 이런 생각이 들어서 그렇다.
'나를 무시하는 건가?'
'이 일정 때문에 다른 중요한 약속도 미뤘는데!'

그런데 나는 정말 아무렇지도 않다.
친구와 만날 약속을 잡을 때도
곧 만날 생각에 기쁘지만,
갑자기 취소되어도
만나지 않아도 된다는 생각에
약속을 잡는 것만큼 기쁘다.
이게 대체 무슨 말일까?
조금 더 깊이 들어가 생각해보자.

이 글에는 매우 깊은 사색이 담겨 있는데,
내가 이런 생각을 한다는 것은
나는 외로워서 사람을 만나는 수준에서 벗어나,
혼자서도 충분한 행복을 즐길 수 있을 만큼
탄탄한 내면을 갖고 있다는 증거다.

탄탄한 내면의 소유자는
누군가를 만난다는 소식도 기쁘고,
만남이 취소되어도 마찬가지로 기쁘다.
소중한 나 자신과 만나
자기만의 시간을 보내면 되니까.

우리는 '행복'과 '내면'이라는 표현을
다시 자기만의 언어로 정의할 필요가 있다.
그만큼 살면서 정말 중요한 단어다.

만날 사람이 여기저기에 많고,
약속이 많은 사람이 행복한 게 아니라,
그 모든 약속이 취소되어도,
여전히 어제처럼 오늘도 행복한 사람이

가장 탄탄하게 행복을 즐기는 사람이다.
행복은 내가 나에게 주는 것이지,
다른 곳에서 나오는 감정이 아니므로.

자신을 꽉 잡고 있는 사람은
어떤 바람에도 흔들리지 않는다.

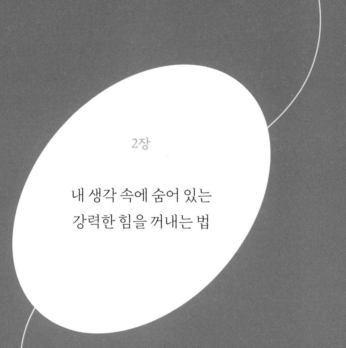

2장

내 생각 속에 숨어 있는
강력한 힘을 꺼내는 법

나는 세상이 시키는 길은
걷지 않는다

노벨평화상을 수상할 정도로 평생 가난한 자들의 행복을 위해 자기 삶을 헌신한 테레사 수녀에게는 매우 놀라운 숨은 진실이 하나 있다. 그건 바로, 비행기를 타고 이동할 때 보통 사람은 쉽게 엄두를 내지 못하는 일등석을 자주 이용했다는 점이다. 더욱이 "가난한 사람들을 위해서 살겠다는 말은 다 거짓이었나?"라는 오해를 받으면서도, 테레사 수녀는 일등석을 고수했는데, 그 이유는 무엇일까?

특별한 이유는 없었다. 그녀가 자신을 향한 온갖 오해와 억측을 바람처럼 스치며, 일등석에 오른 것은, 오로지 거기에 그녀에게 필요한 부자가 많아서였다. 그리고 그녀는 그 공간에서 자신의 이야기를 들려주며, 그들과 소통했고, 그들에게 돈을 가장 값지게 사용할 수 있는 방법을 알려주었다. 실제로 테레사 수녀는 그곳에서 많은 기부를 받아, 가난한 사람들을 위해 사용했다.

또 한 명의 남다른 인물이 있다. 1952년, 한 의사가 노벨평화상을 받기 위해 열차를 타고 유럽으로 향했다. 그는 3개의 학위를 가지고 있었고, 명예박사 학위는 무려 20개가 넘었다. 게다가 영국 황실로부터 백작 칭호까지 받은 귀족이었다. 이 소식을 들은 기자들도 그를 취재하기 위해 열차를 탔고, 당연히 특등실에서 그를 찾기 시작했다. 하지만 특등실에도 1등칸, 2등칸에도 그는 없었다. '혹시 다른 기차를 탄 건 아닐까?' 하는 생각에 점점 불안해지기 시작한 기자들은 거의 체념한 표정으로 3등칸에 들어섰다. 그곳의 풍경은 초라했고, 가난한 시골 사람들이 피곤에 젖은 표정으로 앉아 있었다. 그런데 놀랍게도 그들이 그렇게 찾아 헤맨 노벨상 수상자가 거기에 있었으며, 그는 3등칸에 탄 사람들을 진료 중이었다. 놀란 기자들이 그에게 달려가 물었다. "선생님은 왜 3등칸에 타셨습니까?" 그의 대답은 예상을 초월했다. "4등칸이 없어서요."

그에게는 절대 바꾸지 않는 원칙이 하나 있었다. 그 원칙이 그를 자기만의 삶을 살 수 있도록 만들었다. 그것은 바로 "나는 나를 필요로 하는 곳을 찾아다니며 살아갈 것이다."였다. 그가 3등칸에 탄 이유도, 너무나 가난해서 의료의 혜택을 받지 못하는 사람들이 3등칸에 모여 있어서였다. 그가 오직 본인만을 생각했다면, 특등실에서 편안하게 여행을 즐겼겠지만, 자신을 필요로 하는 사람 곁에 머물겠다는 확고한 의지가 있었기에, 자신의 이익이 아닌 타인을 위한 사랑을 선택했다. 그의 이름은 인류애로 수많은 사람을 살린 슈바이처 박사다. 그의 업적을 외우는 건 그다지 중요한 일이 아니다. 그보다 그가 자신의 삶을 스스로 창조한 사람이었다는 사실이 중요하다. 무언가를 이루기 위한 노력도 뒷받침되어야 하겠지만, 핵심은 그 노력을 가능하게 한 마인드다. 더불어 각종 분야에서 자신의 삶을 창조한 사람의 공통점이, 이 한 문장을 가슴에 담고 살았다는 것이다.

"힘들지만 물러서지 않는다. 바로 여기에서 승부를 보겠다."

슈바이처 박사는 열차를 탈 때 4등석 칸에 타며 이동했다. 거기에 가난해서 아픈 몸을 치료받지 못하는 사람이 많았기 때문이다. 반대로 테레사 수녀는 비행기 일등석만 이용했다. 거기에 가난한 사람들에게 도움을 줄 부자가 많아서였다. 공교롭게도 두 사람 모두 노벨평화상 수상자다. 또 하나의 공통점은 두 사람 모두 자신에게 평화를 허락하지 않았다는 부분이다. 대신 평화를 정면으로 거부하며, 자신의 원칙으로 세상을 바꿨다.

열심히만 살아서 되는 일은 세상에 없다. 방향을 제대로 잡아야 열심히 살아야 할 이유를 찾을 수 있고, 중간에 포기하지 않을 수도 있다. 자신의 길을 찾은 사람은 결코 세상이 시킨 길을 걷지 않는다. 그렇게 원칙을 갖고, 끝까지 멈추지 않는 사람은 자신의 삶을 창조할 힘이 있다. 그리고 그들은 모든 분야에서 자기만의 방식을 갖게 된다. 대표적인 예로, 최고의 요리사들은 요리할 때 레시피를 참고하지 않는다. 그들은 머릿속에서 이것과 저것을 결합해 넣고 빼고를 반복하며, 자기만이 할 수 있는 요리를 펼친다. 맛을 볼 필요도 없다. 이미 머릿속에서 계산이 끝났으니까. 그러니 당신도 누군가 만든 레시피를 버리고, 나만의 요리에 도전해봐라.

○ ○ ○

우리는 감상만 하는 관객이 아니라,
자신을 보여주는 창조자여야 한다.
나는 세상이 시키는 길을 걷지 않는다.
나는 내 삶을 창조할 수 있다.
나는 내 길만 걷는다.

'빈곤한 생각'에서 벗어나 'VIP 생각법'에 접속하기

"좋은 대학을 나와야 성공하는 걸까?"

"고객이 많아야 성장하는 걸까?"

"장사가 잘되어야 부자가 되는 걸까?"

이 글을 읽기 전에 먼저 자신에게 위의 질문을 던져봐라. 아마 이런 생각이 절로 들 것이다. '너무 당연한 이야기 아니야?', '이런 걸 굳이 물어볼 필요가 있나?'

하지만 전혀 당연한 질문이 아니다. 예를 들어, 우리는 간혹 학벌과 성공을 같은 선상에 두고 생각하면서 혼란에 빠지곤 한다. 가장 대표적으로, 수많은 기업의 대표보다 그들이 채용해서 일을 시키는 직원들이 학벌이 더 좋은 경우가 많아서다. 이것이 무엇을 의미하는지 분명히 알고 지나가야, 비로소 스스로 느낄 수 있는 발전이 이루어진다. 한마디로 이 공통점에 숨은 비밀을 알아야 당신의 노력이 성과로 연결된다는 말이다. 몇 가지의 예시를 통해 조금 더 자세한 설명을 해보겠다.

프랑스로 가는 비행기의 일등석은 가장 저렴한 자리의 가격보다 딱 10배 정도 비싸다. 이 격차는 환율이나 석유 가격에 영향을 거의 받지 않고 유지된다. 다른 나라도 마찬가지다. 10배의 법칙은 절대로 깨지지 않는다. 세계적인 호텔 역시 최고의 방은 상상을 초월한 가격을 요구한다. 1박에 수억 원의 비용을 요구하는 고가의 스위트룸도 있다. 그러나 그 아래에는 같은 호텔의 방이지만, 하루에 10만 원 정도 수준인 방도 많다. 스시 전문점도 마찬가지다. 1인당 받는 금액은 정해져 있지만, VIP 고객 몇몇은 대다수 100만 원 이하로 즐기는 그 식당에서 2,000만 원이 넘는 금액을 하루 식사에 지불하기도 한다.

보통 사람은 비행기 티켓과 좋은 호텔에서의 숙박비 그리고 스시 오마카세가 비싸다고 생각하지만, 사실 이건 매우 저렴한 가격이라고 볼 수 있다. 같은 공간에서 10배 이상의 가격을 내주는 사람이 있기에, 거의 '부록' 형태로 중간에 끼어 즐길 수 있는 것이니까.

그들이 없다면, 앞으로 우리는 평소에 내던 금액의 3배 정도는 부담해야, 지금까지 즐기던 것을 겨우 할 수 있을 것이다. 그런데 여기서 이런 의문이 든다. '비행기는 일등석, 호텔방은 스위트룸으로만 채우고, 식당은 VIP 손님만 받으면 더 많은 돈을 벌 수 있지 않을까?' 하지만 그게 또 그렇지 않다. 그들은 그들만의 리그를 좋아하는 것처럼 보이지만, 본질로 들어가 보면 같은 공간에서 본인들보다 좁은 공간에서 상대적으로 수준 낮은 서비스를 받고 있는 존재가 있어서, 그 우월감에 사치를 하는 것이기도 하다. 쉽게 살 수 없는 수많은 사람이 있어야 가격이 오르고, 그 가운데 그것을 돈으로 획득함으로써 최대의 쾌락을 누리는 것이 가능해진다는 뜻이다.

세상은 이런 불균형한 상태에서 균형을 이루며 살게 만들어져 있다. 이 같은 '불균형의 균형'이라는 묘한 상태를 이해해야, 'VIP 생각법'에 접속할 수 있다. 설명을 덧붙이자면, 우리는 현실 속에서 맛으로 소문난 스시 전문점이 여전히 장사가 잘되면서도, 폐업하는 상황을 목격한다. 이상하지 않은가? 왜 장사가 잘되는데 문을 닫을까? 지금까지 이 글을 읽었다면 쉽게 이해했을 것이다. 평균의 가격을 계산하는 손님은 예약을 받아야 할 정도로 많았지만, 10배 이상의 가격을 내주는 VIP의 존재가 없었기 때문이다. 그래서 우리에게는 어디에서 무엇을 하든, 10배 이상의 비용을 기꺼이 지불하는 VIP가 반드시 필요하다. 어느 세상이든 열심히 하는 건 기본이다. 중요한 건 VIP 생각법에 접속해서 '생각하는 수준을 10배 이상으로 끌어올릴 수 있느냐?'에 달려있다.

내 안에서
생각을 탄생시키는 법

발레리나 강수진과 인터뷰를 할 기회가 있었다. 그녀는 내게 먼저 이렇게 얘기했다. "그간 워낙 많은 인터뷰를 해서 뭘 묻든 색다른 답은 얻어낼 수 없을 겁니다." 맞는 말이었다. 그녀는 이미 그간 수천 가지 질문을 받았을 테니까. 이에 나는 같은 내용이지만 방향을 살짝 바꿔 "무엇이 당신을 18시간이나 연습하게 만드나요?"라고 물었다. 그저 나는 그녀가 지난 30여 년 동안 매일 18시간씩 연습하며 살았다는 사실은 이미 누구나 알고 있고, 단순히 놀라면서 "그렇게 살 수 있나요?", "힘들지 않나요?"라고 묻는 것은 별 의미가 없다고 생각해 던진 질문이었다.

이런 나의 물음에 그녀는 잠시 생각에 잠기더니 의외의 대답을 내놓았다. 나는 "더 완벽한 예술을 보여주기 위해서입니다.", "상상하던 연기를 제대로 펼치기 위해서죠."라는 답변을 예상했지만, "살기 위해서죠."라는 짐작도 못한 한마디를 들었다.

그녀는 그 한 문장으로 낯선 세계에서 발레라는 예술로 먹고살기 위해, 그러니까 살아남기 위해 매일 18시간을 투자할 수밖에 없었다고 고백한 것이었다. 같은 사람에게 같은 이야기를 들어도, 이렇게 방향을 조금 바꾸면, 이전에는 듣지 못한 진실한 마음의 소리를 들을 수 있다.

그날 나는 진짜 그녀의 삶을 처음 알게 되었고, 공감하기 어려웠던 그녀의 인생을 마치 해답지를 보듯 이해하게 되었다. 이런 방식의 시각은 어떻게 훈련할 수 있는지, 또 그 능력은 우리에게 어떤 가치를 선물하는지, 아래 글을 읽으며 깨닫는 시간이 되길 바란다.

한 마트에 고가의 위스키가 진열되었다. 그리고 "딱 106병만 만들었고, 한국에는 5병만 들어왔습니다!"라는 설명과 함께 어마어마한 금액이 적혀 있다. 이것을 본 당신은 어떤 생각이 들까? 대부분 '마트에서 뭘 이렇게 비싼 술을 팔아?'라고 할 것이다. 그런데 가격을 보고 놀라기만 하는 건 전혀 새롭지 않아서, 가치 있는 반응을 기대하기 힘들다. 반면 당신이 만약 여기에서 "이 풍경은 내게 무엇이 되려고 하는가?"라는 질문을 던질 수 있다면, 생각하는 인간의 일을 할 수 있게 된다. 이 한 줄을 꼭 기억해 주길 바란다. 당신의 하루를 완전히 바꿀 수 있는, 그야말로 기적의 한 줄이 될 테니까.

물론 이보다 더 비싼 술도 있고, 다른 영역에서도 마찬가지로 최저가와 최고가가 공존하는 게 현실이다. 하지만 가격으로만 사물을 보면, 그것들이 내게 무엇을 말하려고 하는지, 내게 무엇이 되려고 하는지 그 소중함을 영영 알 수 없게 된다.

○ ○ ○

사물에는 힘이 없다.
대신 그것을 바라보는 사람에게
모든 힘이 집중되어 있다.
그러므로 위대한 생각은
자신을 탄생시키는 자의 것이다.

방향을 제대로 잡아야
열심히 살아야 할 이유를 찾을 수 있고,
중간에 포기하지 않을 수도 있다.

순식간에 나를 상위 10% 안에 들게 하는 생각법

한 기업 회장이 자신이 이끄는 야구 구단이 우승하자 매우 기뻐하며, 특별한 할인 행사를 예고했다. 이를 본 사람들의 반응은 제각각이었지만, 크게 2가지 유형으로 나뉘었다. 하나는 "회장이니까 가능하지! 나도 저런 사람이 옆에 있으면 좋겠다."였고, 나머지 하나는 "나도 저렇게 기쁨을 나눌 수 있는 사람이 되고 싶다."라는 자세였다.

이렇게 언제 어디서든 모든 것을 환경이나 운명으로 돌리는 사람은 전자를, 스스로 개척하려는 사람은 후자의 태도를 보인다. 꿈과 목표를 성취하는 게 어렵고, 소수에게만 허락되는 이유도 무엇이든 개척하려는 마음을 가진 사람이 드물기 때문이다. 분명한 것은 할 수 있다는 생각만 갖고 있다면, 누구나 어떤 분야에서든 상위 10% 안에 들 수 있다는 사실이다. 단, 다음의 마인드를 자신의 것으로 만들어야 한다.

첫째, 자신의 가능성을 확신하고 버텨라. 오래 버틸 필요도 없다.

사람들은 보통 6개월도 되지 않아 확신을 거두고, 사라지기 때문이다. 그러니 핵심은 잘하는 게 아니라, 자기 자신을 믿으며, 꾸준히 버티는 것이다. 자신의 가능성을 신뢰하는 사람은 다른 사람의 견해를 구하지 않는다. 종종 "잘될 수 있을까?", "이게 가능성이 있을까?" 하며 타인의 인정을 통해 위안받으려는 사람을 볼 수 있는데, 그들은 그러한 행동으로 자신의 선택에 확신이 없음을 증명하고 있는 것이나 마찬가지다. 자기만의 소신이 있다면, 굳이 다른 사람에게 물어볼 필요가 없으니까. 확신이 있는 사람이라면, 그럴 시간에 자신의 일에 더 많은 에너지를 투자하는 모습을 보여준다.

둘째, 세상의 90%는 나의 경쟁자가 아니다. 앞서 언급한 전자의 사람들은 놀랍게도 매번 하지 못하는 이유만 늘어놓는다. 그런데 언제나 제일 중요한 것은 자신의 현실을 어떻게 바라보며, 활용할 것인가에 대한 적절한 답을 찾는 일이다. 이유는 단 하나다. '나는 못 해.'라는 마음이 그 일을 하지 못하게 만들기 때문이다. 즉, 아무것도 하지 않으면서 "할 수 없다."고만 하는 것이다. 그래서 나는 세상에서 가장 쓸모없는 일이 할 수 없다는 생각을 '굳이' 하는 것이라고 생각한다.

얼마나 근사한가. 단지 자신의 가능성을 확신하고, 버티기만 하면, 아무리 못해도 100명 중에 10등이 될 수 있으니. 부디 '나도 저런 사람이 주변에 있으면 좋겠다.'라는 운명에 순응하는 생각에서 벗어나, '나도 저런 사람이 되고 싶다.'라는 운명을 거스르는 생각을 하길 바란다. 그 순간부터 당신의 새로운 삶이 시작될 것이다.

○ ○ ○

오늘 생각을 바꾸면,
내일 인생이 바뀐다.
언제나 인생이라는 놈은
생각이라는 선불을 요구한다.

의문을 갖지 말고
질문을 해라

질문이 성장에 영향을 미친다는 진실은 모두가 안다. 그런데 모두가 질문을 하는데도, 누군가는 성장을 하고, 누군가는 성장을 하지 못하는 이유가 있다. 바로 90% 이상의 질문이 '의문' 수준에 머물러 있기 때문이다.

물음표로 끝난다고 다 같은 질문은 아니다. 예를 들어 내가 하루 3시간만 잔다고 말하면, 90%의 사람은 이렇게 묻는다. "3시간만 자고 어떻게 살아요?" 이것은 질문이라고 할 수 없다. 왜냐하면 그 안에 '사람이 어떻게 3시간만 잘 수 있냐!', '그렇게 힘들게 살아서 뭐 하냐!', '굳이 그렇게까지 할 필요가 있냐!'와 같은 마음이 녹아 있어서다. 이런 유형이 질문을 가장한 의문이다. 이런 의문으로는 누구에게도 지혜로운 답을 들을 수 없다. 세계에서 내로라하는 철학자나 최고의 기업을 이끄는 대표가 와도 마찬가지다.

하지만 세상의 약 10%는 같은 이야기를 듣고도 다르게 질문한다. 앞서 내가 발레리나 강수진에게 했던 것과 유사한 방식의 질문이다. 즉, 3시간만 잔다는 나의 말에 "무엇이 작가님을 3시간만 잠들게 하나요?" 식으로 물어야 진정한 질문인 것이다. 그리고 이 질문을 한 사람은 나에게서 작가로서의 사명감과 시간 관리하는 법, 일상의 철학 등 질문 하나로 순식간에 무수한 가치를 들을 수 있을 것이며, 그것을 자기 내면에 담을 수도 있다.

당신의 독서가 당신에게 성장 에너지로 작동하지 않는 이유도 바로 여기에 있다. 가령 나의 글을 읽은 90%의 사람은 이렇게 묻는다. "이걸 초등학생이 할 수 있나요?", "7살짜리 아이도 가능한가요?", "배운 적이 없는데 할 수 있을까요?" 이런 의문은 글을 아무리 읽어도, 지금보다 더 나아지게 해주지 않는다. 그 안에 '나는 할 수 없어.', '우리 아이는 어리니까 못할 거야.'라는 부정적인 마음이 녹아 있기 때문이다. 그렇다면 어떻게 질문하면 될까? 자, 이렇게 바꿔보자.

"이걸 초등학생이 할 수 있나요?"
→ "초등학생도 할 수 있게 하려면 어떻게 해야 할까?"

"7살짜리 아이도 가능한가요?"
→ "7살짜리 아이도 가능하게 하려면 뭘 추가해야 할까?"

"배운 적이 없는데 할 수 있을까요?"

→ "배운 경험이 없어도 실행할 방법이 뭐가 있을까?"

이와 같이 될 수 있는 방법을 묻는다면, 당신의 삶은 더 풍요로워진다. 그러니 '될 수 없다는 의문'이 아닌 '될 수 있을 거라는 질문'을 품어, '나'라는 소중한 존재에게 가능성을 선물해라.

압축 성장을 통해
인생의 판을 바꾸는 법

아무리 기능이 좋거나,
영혼을 듬뿍 담았음에도,
생각처럼 팔리지 않는
제품과 서비스가 있다.

대체 이유가 뭘까?
세상에 노력하지 않는 사람은 별로 없다.
그러나 인생에서 성과를 내고 싶다면,
반드시 이 사실을 깨달아야 한다.

최악의 상품은
'설득이 필요한 것'이고,
보통의 상품은
'설명으로 충분한 것'이지만,
최고의 상품은
'보기만 해도 두근거리는 것'이다.

감정 소모를 하며 이어지는
설득과 설명의 과정 없이
그저 보여주기만 하면,
저절로 상품의 가치와
필요성이 전해지니,
무엇을 만들고, 제공하든,
그 삶이 농밀해질 수밖에 없다.

당신이 오랫동안 노력했지만,
조금도 삶이 나아지지 않았다면,
설득과 설명이 필요한 일에
의미 없이 매달리고 있을
가능성이 매우 높다.

삶의 판을 바꾸고 싶다면,
당신이 스스로 봐도,
가슴이 두근거리는 것을 해라.
그래야 누군가의 가슴을
두근거리게 만들 수 있으니까.

결국 잘되는 사람은
디테일이 다르다

"작가님, 안녕하세요. 좋은 아침입니다."

하루는 아침에 한 출판사 대표에게 이런 메시지를 받았다. 이를 읽는 순간, 나는 그가 운영하는 출판사에서 책을 내야겠다고 결심했다. 어떤 이유에서였을까? 이를 설명하려면 메시지를 받기 3일 전으로 거슬러 올라가야 한다. 그날 나는 그를 만나 계약 조건을 확인하고, 검토를 위해 샘플 계약서를 받았다. 보통 이렇게 일이 진행되면, 출판사에서는 며칠 뒤 이런 식으로 연락한다. "작가님, 계약서 확인하셨나요?" 또는 "저희랑 계약 진행하시는 거죠?" 계약을 성사시키고 싶은 급한 마음에, 짧은 문장 안에 당장 필요한 '확인'과 '계약', '진행' 등의 단어를 넣는 것이다.

그런데 이 출판사의 대표가 선택한 단어는 전혀 그런 것이 아니었다. 앞서 말했듯 그는 내게 "작가님, 안녕하세요. 좋은 아침입니다."라고 했다. 나는 그가 내게 메시지를 보내기 전, 최소 30분은 '어떻게 메시지를 보내야 작가님이 편안하게 답을 할 수 있을까? 그리고 책을 함께 만들고 싶은 내 마음도 전할 수 있을까?'라는 깊은 고민을 했을 거라고 확신한다. 부담을 주지 않으면서, 진심을 담은 한 줄은 그렇게 탄생한 것이다. 사실 평소라면 그저 평범한 인사말로 느끼겠지만, 다른 상황이었으니 '아, 정말 깊은 고민을 담은 한 줄이구나.'라는 생각이 절로 들었다.

이 출판사는 창업한 지 6개월 정도밖에 되지 않아, 명성이나 지명도는 뛰어나지 않았지만, 지난 시간 동안 힘든 상황에서도 급성장했다. 대표가 내게 보낸 메시지 하나만 봐도, 나는 그 근거가 어디에 있는지 충분히 짐작할 수 있었다.

분야는 달라도 모든 성공과 성장에는 디테일이 필요하다. 이를테면 대부분이 "굳이 그럴 필요까지 있나?", "그렇게까지 섬세하게 해야 하나?"라고 되묻는 것을 해내는 삶을 살면, 기적이 이루어진다. 일을 잘하는 사람들, 늘 기대 이상의 근사한 결과를 창조하는 사람들, 이름값이 무엇인지를 제대로 보여주는 사람들에게는 그런 디테일이 살아있다.

주변을 둘러보면 잘되는 사람은 계속 잘되고, 안 되는 사람은 아무리 해도 안 된다. 그러나 이러한 결과는 결코 행운이나 불행이 결정하는 것이 아니다. 앞서 언급했듯 '굳이 그렇게까지 하지 않아도 지금도 충분히 괜찮은 인생을 살고 있는 사람'은 굳이 더 힘든 선택과 과정을 반복함으로써 자신의 능력과 성과를 매일 새롭게 경신하지만, '반드시 그렇게까지 해야 할 사람'은 오히려 그런 노력과 수고를 하지 않아서 더욱 뒤로 밀려나는 것이다.

독서도 그렇다. 굳이 읽지 않아도 현재의 지성으로도 충분한 사람이 정작 독서가 필요한 사람들보다 몇 배 더 치열하게 읽는다. 그래서 격차는 더욱 크게 벌어진다. 나라와 주어진 환경의 격차는 개인이 어쩌지 못하는 일이다. 그러므로 더욱 스스로 자신의 역량을 키워야 한다. 그것이야말로 자신의 운명을 바꿀 유일한 방법이다.

무엇을 해도 잘되는 사람이 되고 싶다면, 주변에서 "굳이 그렇게까지 해야 하니?"라고 하는 부분을 당연하게 해야 하는 것으로 수긍하고, 반복하면 된다. 그런 디테일을 삶으로 받아들인다면, 온갖 행운과 기적이 자연스럽게 당신의 품에 안길 것이다.

뭘 해도 잘 팔리는 콘텐츠를 창조하는 사람은 무엇이 다른가?

세상 모든 사람은 방식만 다를 뿐, 저마다의 콘텐츠를 만들어 판매하며 살고 있다. 그럼, 뭘 만들어도 잘 팔리는 콘텐츠를 만드는 사람은 무엇이 다른 걸까? 분명한 지점이 하나 있다. 바로 '상품'을 만든다는 사실이다. 반대로 팔리지 않는 것을 만드는 사람은 무엇을 만들고 있을까? 그들은 '작품'을 만들려고 한다. 다시 말해 상품과 작품, 이 두 단어 사이에 결코 건너지 못할 어마어마한 차이가 존재한다.

철저하게 트렌드와 니즈를 파악해서 만든 상품이 대중의 사랑을 받고, 그렇게 세월이 흘러 클래식이 되면, 그때 사람들은 과거 상품이었던 그것을 작품이라고 부르기 시작한다. 이 과정을 가슴속에 새겨야 당신의 콘텐츠도 작품으로 만들 수 있다.

세상에 처음부터 작품인 것은 없다. 과자 한 봉지부터 예술 작품까지 모든 분야의 콘텐츠가 마찬가지다. 처음에는 상품이었던 것이 위와 같은 방식으로 진행되면, 나중에 작품이 되는 것이다. 이 과정과 순서를 모르면 평생 작품이라는 동굴 속에서 빛을 받지 못하고 살게 된다.

○ ○ ○

치열하게 상품을 만들어라.

처음부터 작품인 건 존재하지 않는다.

지금 좋은 상품이 훗날 뛰어난 작품이 된다.

다이어트 성공 확률을
획기적으로 높이는 생각법

"다이어트는 평생 하는 거야!"라는 말이 있듯, 다이어트는 매우 힘든 일이다. 30kg을 감량하고, 30년 동안 요요 현상을 겪지 않고, 유지할 수 있게 해준, 내 루틴 중 하나인 1일 1식도 30년을 지속해도 힘들다. 즐거운 것을 참는 것은 습관이 되지 않아서, 매번 참아내야 하니까.

그러나 내게는 매우 간단하게 유혹을 뿌리치는 방법이 하나 있다. 바로 기준을 가능성의 측면에서 잡는 것이다. 이에 나는 마지막 식사를 한 시점부터 공복을 측정하지 않고, 배가 고픈 순간부터 공복을 측정한다. 그러면 기준이 달라져서 인내심의 크기를 확장할 수 있다.

마지막 식사를 마친 순간부터 적용하면 '10시간 공복'이 스스로 발음할 때도 힘겹게 느껴지지만, 공복을 스스로 자각한 순간부터 시간을 측정하면, 기껏해야 3~4시간을 넘기지 않으니, 의식적으로 고통을 조금이라도 줄여줄 수 있다. 이는 다른 분야에도 적용이 가능해서, 당신이 무엇을 하든 조금이라도 더 성공 가능성을 높일 수 있다.

명심해라. 당신은 뭐든 해낼 수 있다. 그러니 세상이 정한 원칙에서 스스로 벗어나 자신감을 갖자. 통계 안에서 이기려고 하지 말고, 그 누구도 침범할 수 없는 하나의 세계가 되어야 한다. 또 누구나 처음은 어설프게 시작한다는 사실을 잊지 마라. 그리하여 나는 당신이 처음 입사를 준비할 때, 첫 사업을 시작할 때, 첫 책과 강연을 준비할 때, 그 외 어떤 상황에서든 원하는 결과를 얻지 못했다면, 다음과 같이 세상과 대화하기를 바란다.

"네가 나를 선택하지 않아도 괜찮다. 그러나 기억해라. 너는 나를 놓친 최초의 사람이자, 마지막 사람으로 기억될 거라는 사실을. 이제 나는 앉아서 선택을 기다리지 않고, 내가 직접 파트너를 선택할 테니까. 너는 나를 잡을 마지막 기회를 놓쳤다."

이렇게 세상의 기준을 던져버리고, 그대 자신을 행복하게 만들 선택만 해라. 또한, 이 말을 오랫동안 기억하자.

"한 사람의 행복 안에는 수많은 선택이 담겨 있다."

지금도 누구나 수많은 선택을 하며 살아가고, 그 과정과 결과에 따라 행복도 결정된다. 가장 건강하며, 누구보다 아름답고 단단한 삶은 내가 나를 선택하며 사는 일상의 반복에 있다. 그리고 이 사실을 잊지 마라. 세상은 내가 결정할 수 있는 대상이 아니다. "왜 내가 아니냐?"라고 할수록 자괴감만 커질 수밖에 없다.

○○○

언제나, 스스로를 선택해라.
멈추지 말고, 끊임없이
자신에게 기회를 선물해라.

진짜 잘나가는 사람들이
자기 일에만 몰입하는 이유

　만약 당신이 어느 한 분야에서 인맥을 쌓기 위해서, 매일 사람을 만나 교류하면서 '당신이 아는 1,000명의 인맥'을 구성했다고 하자. 그럼 당신은 앞으로 무엇을 해야 할까? 시간을 할애해 그들에게 가끔 전화도 하고, 식사도 하면서 공감대를 만들어가야 할 것이다. 관계를 유지해야 하기 때문이다.

　이번에는 다른 선택을 해보자. 이 글의 제목처럼 당신의 일에만 몰입하며, 하루하루 자신을 성장시키면 어떻게 될까? 자연스럽게 '당신을 아는 1,000명의 인맥'이 구성된다. 한 번 더 말하지만, 그 1,000명은 '당신이 아는 사람'이 아니라, '당신을 아는 사람'이다. 당신이 아는 사람은 당신이 스마트폰만 잃어버려도 순식간에 대부분이 사라지지만, 당신을 아는 사람은 아니다.

　이는 매우 혁신적인 변화다. 왜냐하면 당신이 에너지를 쏟아 그 1,000명에게 일일이 신경을 써서 만나고, 식사를 할 필요가 없으므로. 대신 당신은 당신의 하루를 통해 스스로의 가치를 증명하기만

하면 된다. 이렇게 자신에게만 집중하면, 모든 게 저절로 풀리는 인생을 살게 된다.

이를테면 당신의 SNS에 매일 직접 쓴 글을 올린다면, 그 글에 공감하는 사람이 모이기 시작하고, 어느 정도 시간이 지나면 당신을 아는 사람이 늘어날 것이다. 그때부터 당신이 해야 할 일은 지금까지 해오던 것처럼 꾸준히 글을 쓰며, 당신의 생각을 세상에 알리는 것이다. 그러면 당신의 글에 공감하는 사람들이 당신의 마케터가 되어서 주변 사람들을 끌어올 것이다. 1명이 2명이 되고, 순식간에 1,000명으로 몸집을 불리게 된다.

지혜로운 사람들은 언제나 자신에게 무섭게 집중한다. 처음에는 억지로 인맥을 쌓는 게 현실적이고, 이익이 될 것 같지만, 시간이 지나면 저절로 알게 된다. '내가 나를 위해서 보낸 시간만이 나의 것'이라는 근사한 사실을 말이다. 또한 '내가 아는 1,000명의 인맥'은 전화기만 고장이 나도 연락할 수 없어서 그간 쌓은 모든 것이 먼지처럼 사라지지만, 자신에게 집중해서 살아온 사람은 지나간 시간 동안 쌓은 실력이 자기 안에 고스란히 남아있으므로 자연스럽게 플러스 인생을 살게 된다. 그리하여 모든 게 다 사라져도, 바로 다시 시작할 수 있다. 당연히 경쟁을 하지 않고도, 자기만의 길을 흔들림 없이 걸어갈 힘이 있다.

○ ○ ○

오랫동안 자신에게 집중해라.
다른 사람이 아닌
자신이라는 가장 근사한 인맥을
자주 만나라.

삶의 판을 바꾸고 싶다면,
당신이 스스로 봐도,
가슴이 두근거리는 것을 해라.

가장 빠르게 자신의 능력을
19배 끌어올리는 법

모든 사람의 능력은 비슷비슷하다. 다만 무엇을 선택하느냐에 따라 결과가 다르게 나타난다. 사람의 가능성을 100%라고 하면, 5%는 '이건 불가능하지!'라는 부정적인 마음이, 또 5%는 '한번 해보자!'라는 긍정적인 마음이 차지한다. 그리고 나머지 90%는 부정적인 마음이나 긍정적인 마음 중 더 강하게 끌리는 곳으로 따라간다.

쉽게 말해, 늘 부정적으로 생각하고 판단하는 사람은 95%의 힘을 부정적으로 쓰고, 반대로 된다는 확신으로 시도하면, 95%의 힘을 긍정적으로 사용할 수 있게 되는 셈이다. 내가 서두에 모든 사람의 능력이 거의 비슷하다고 말한 이유가 여기에 있다. 중요한 건 선택이다.

만약 당신이 부정적인 선택을 하면, 스스로 자신이 가진 능력 중 95%를 버리는 것이고, 반대로 긍정적인 선택을 하면, 95%라는 거대한 힘을 갖게 되는 것이다. 결국 선택의 차이가 5%의 힘을 가질지, 혹은 95%의 힘을 가질지를 결정한다.

언뜻 보면 19배의 능력 차이가 나므로, 애초에 가진 실력이 다르다고 여길 수 있지만, 자세히 들여다보면, 단지 긍정의 마인드를 선택해서 순식간에 모든 능력을 끌어오는 것이다. 그래서 세상의 모든 성취자는 이렇게 말한다. "된다고 생각하면 결국 된다. 당신은 당신이 선택한 대로 될 것이다."

영향력을 빠르게 키우는
의외의 방법

'영향력'과 '빠르게' 그리고 '의외의 방법'이 한 문장에 함께 나오니 저절로 이런 생각이 들 것이다. '특별한 방법이라도 소개하려는 건가?' 그렇다. 내가 말하려는 이 방법은 조금 특별하다. 우리가 잃고 사는 '영향력이 가진 본질'을 바라볼 수 있게 해줄 것이기에. 자, 그럼 단도직입적으로 공개하겠다. 영향력을 빠르게 키우려면 이 방법이 가장 좋다.

"당신이 옳다고 생각하는 그것을 어떤 치우침도 없이 실행하기"

이해를 돕기 위해 설명을 덧붙이자면, 가난한 아이들을 남몰래 도운 식당 주인들이 가끔 발각되어(?) 각종 언론이나 온라인에서 화제가 되곤 한다. 그런 방식으로 수면 위로 떠 오른 사람은 헤아릴 수 없을 정도로 많다. 그들은 그렇게 영향력을 키우며, 수많은 사람에 의해 일명 '돈쭐'을 당한다. 이전과 같은 것을 팔고 있지만, 매출과 영향력은 순식간에 10배 이상으로 급격하게 상승한다.

그런데 곰곰이 생각해봐라. 그들이 실천한 행동은 그리 대단하거나, 들어보지 못한 특별한 것이 아니다. 아래와 같이 누구나 마음만 먹으면 할 수 있는 일이다.

- 식사를 하지 못할 정도로 가난한 아이들이 배를 다 채울 때까지 음식 제공하기
- 산불 진화로 식사를 제대로 하지 못하는 소방관들에게 음식과 음료 보내기
- 코로나로 매출이 반토막이 난 상태이지만, 더 어려운 이웃을 위해 물품 기부하기

어떤가? 전혀 새로운 것은 없다. 순식간에 자신의 영향력을 키운 그들은 이미 누구나 알고 있는, 세상이 모두 옳다고 여기는 일을 치우침 없이 해낸 사람들이다. 여기에서 중요한 점은 '치우침 없이 해냈다.'는 부분이다. 실제로 많은 사람이 옳다고 생각한 일을 시작하지만, 시간이 점점 지나면서 돈이 되지 않거나, 주변의 유혹에 넘어가 초심을 잃고, 다른 길로 빠진다. 그래도 괜찮다. 언제든지 다시 돌아오면 되니까. 그에 더해 옳은 것을 하기 위해 늦은 때란 없다는 사실을 상기할 필요가 있다.

치우침 없이 보내는 하루를 나는 이렇게 표현하고 싶다. '아름답게 버티는 삶'. 더 오래 아름답게 버티는 사람에게 성공과 성장은 부록처럼 주어진다. 거기에 특별한 무언가가 필요한 것이 아니다. 그저 옳다고 믿는 일을 묵묵히 해나가라. 그리고 여러 변수를 만나 흔들릴 때마다 자신에게 질문해라. "이건 옳은 일인가?" 만일 옳지 않다면 한 걸음도 가지 마라.

실천하는 사람에게는 이유가 없고,
하지 않는 사람에게는 수많은 이유가 있다

파이어족. 요즘 수많은 사람이 소망하며, 동경하는 인생이다. 실제로 30대 후반이나 40대 초반에 이른 은퇴 후, 부부가 세계를 여행하며 지내는 경우가 많아지고 있다. 그들의 특징은 아이가 없고, 집을 처분하여 대부분의 돈을 주식에 투자해 노후를 준비한다는 사실이다. 또 종종 자신들의 일상을 촬영해 많은 사람이 볼 수 있도록 공유함으로써 부수입을 올리기도 한다.

그리고 그 영상에 달린 댓글을 보면, 비슷한 연령의 사람들이 그들의 수입에 관심이 많다는 사실을 쉽게 알 수 있는데, 이유는 간단하다. 그들처럼 일을 그만두고, 세계를 오가며 살아가는 삶이 부러워서다. 그러나 안타깝게도 그들의 수입이 궁금한 이들은 그들의 수입이 얼마든, 현실에서 조금도 움직이지 않는다는 공통점이 있다. 매우 중요한 지점이다. 실천해야만 가치를 절실하게 깨달을 수 있는데, 그렇게 하지 않는다는 말이기 때문이다.

예를 들어 그들의 주식과 유튜브 부수입이 생각한 그 이상이라면, "거봐, 풍족하니까 가능하지. 우리 같이 평범한 사람은 힘들어!"
라며 현실에서 떠나지 않고, 반대로 그들의 수입이 생각한 것보다
적다면, "뭐야, 그렇게 젊은 시절을 보내다가 나중에 어쩌려고 그
래?"라며 현실에서 떠나지 않을 이유를 찾는다. 이렇듯 떠나지 않으
려는 사람은 실제로 떠나는 사람보다 말이 많고, 궁금한 것도 많다.

사실 "저도 떠나고 싶어서 그러는데요."라는 이유로 그들의 수입
을 묻는 사람들은 애초에 앞뒤가 맞지 않는 말을 하고 있다. 스스로
떠나려고 결정을 내렸다면, 그 순간 타인의 수입이 얼마인지 궁금
할 필요가 없기 때문이다. 타인의 수입은 타인의 것이고, 나는 내게
맞는 원칙과 계획을 세워서 시작하면 된다. 자꾸 묻고 또 묻기만 한
다는 것은 앞서 말했듯, 단지 떠나지 못하는 나약한 자신의 의지를
감출 이유를 찾고 싶었던 것일 뿐이다.

뭐든 빠르게 실천해서 결과를 내는 사람에게는 이유가 별로 없
고, 현실에 안주하면서 움직이지 않으려는 사람에게는 온갖 것이
떠나지 않을 이유가 된다. 이유라는 방패로 당신을 가리거나 숨기
지 마라. 때로 질문은 자신의 나약한 마음을 숨기려는 역할을 하니,
묻지 말고 떠나야 할 때가 있음을 기억하며, 오늘 조금 더 용기를
내라.

젊을 때부터 누구보다 빠르게
성장하는 법

우리가 자주 반복하는 착각이 하나 있다. 이 착각을 인지하는 게 중요한 이유는 평생 이것 때문에 열심히 노력하면서도, 그에 걸맞은 성장이나 결과를 내지 못해서다. 그 착각은 바로 이것이다. "시간만 지나면 노력으로 누구나 성공할 수 있다."

실제로 남들보다 빠르게 성장하거나 성공한 이들은 이것이 착각이라는 사실을 알고 있다. 그래서 그들은 "시작부터 특별해야 한다. 자신의 어떤 결과를 예상하는지 시작부터 짐작할 수 있어야 한다. 이 사실을 조금이라도 젊을 때 깨닫지 못하면, 늘어서도 고생만 하면서 후회로 가득한 일상을 보낼 수밖에 없게 된다."라고 입을 모아 말한다. 그들이 그렇게 조언하는 이유는 간단하다. 우리는 스스로 상상하지 못하는 것은 현실로 만들어낼 수 없기 때문이다. 한 사람의 노력이 무엇을 만들지는 그 시작부터 결정되는 셈이다.

『젊은 베르테르의 슬픔』이라는 책은 세계 최초의 베스트셀러로, 당시 27살이었던 젊은 작가 괴테의 작품이었다. 이 작품을 통해 그는 자신의 이름을 세계에 알렸으며, 단지 그의 책을 읽기 위해 독일어를 배우려는 수많은 사람을 탄생시켰다. 그때만 해도 유럽에서 가장 낮은 수준의 문화를 지닌 독일에서 젊은 작가 한 사람으로 인해 기적이 일어난 것이다. 그 무렵 괴테는 자신처럼 젊은 나이에 성공을 원하는 사람들에게 이런 메시지를 남겼다.

> "모든 것은 젊었을 때 구해야 한다. 젊음은 그 자체가 하나의 빛이다. 빛이 흐려지기 전에 열심히 구해야 한다. 젊은 시절에 열심히 찾고 구한 사람은 인생 후반이 누구보다 풍성하다."

젊은 시절에 성공을 이룬 성공자들과 대문호 괴테가 알려주는 빠른 성공의 비결은 아래에 제시하는 3가지 조언에 모두 집중되어 있으니 단순히 읽고 스치지 말고, 반드시 낭독과 필사를 통해 자기만의 것으로 만들기를 바란다.

첫째, 당신의 수준은 당신이 칭찬하는 대상이 결정한다. 칭찬은 자신의 지적 수준을 보여주는 가장 명백한 증거다. 우리는 스스로 아는 것만 사물이나 타인에게서 발견해서 칭찬할 수 있어서다. 그래서 인간은 타인을 칭찬함으로써 스스로 낮아지는 것이 아니라, 상대방과 같은 위치에 놓이게 된다. 그러니 당신이 놓이고 싶은 곳에 있는 사람을 찾아라. 그리고 그를 칭찬해라. 당신의 모든 수준이 순식간에 상승할 것이다.

둘째, 마음의 시중을 드는 자가 가장 가련하다. 늘 마음의 중심에 내가 있어야 한다. 슬프다, 힘들다, 불안하다, 외롭다 등 마음이 유혹하는 소리에 귀를 기울이면 그 시간만큼 내 인생은 허무하게 사라지는 것이다. 모든 지식은 조금만 노력하면 누구나 습득할 수 있지만, 나의 마음만은 오직 내 자신의 것이라는 사실을 잠시도 잊지 말아야 한다. 그래야 자신의 길을 추구하며, 당당하게 걸어갈 수 있다.

셋째, 타인의 장점과 기쁨에 경탄하라. 세상에서 가장 행복한 사람은 누굴까? 자신의 장점과 좋은 소식에만 기뻐하는 자는 가장 적게 행복한 사람이고, 타인의 좋은 소식과 장점에 공감하며 축하할 수 있는 자는 그 숫자만큼 더 많이 행복한 사람이다. 남의 장점을 존중해주고, 남의 기쁨을 자기의 것인 양 기뻐할 수 있는 자는 더 많은 행복을 안을 수 있게 된다. 당연히 그만큼 배우는 게 많아서, 내면을 양질의 영감으로 채울 수 있다.

된다고 생각하면 결국 된다.
당신은 당신이 선택한 대로 될 것이다.

잘 생긴 혹은 예쁜 사람이
말도 잘하는 이유

외모가 뛰어난 사람이 말을 시작하면,
그가 무슨 말을 하든지 상관없이
일단 끝까지 들어준다.
이유는 간단하다.
말하는 내용이 흥미로워서?
전혀 아니다.
'오랫동안 얼굴을 보고 싶어서'다.

그들의 경쟁력은 거기에서 끝나지 않는다.
무엇을 말하든 자신의 말이
중간에 누구의 방해도 받지 않고,
끝까지 이어질 수 있다는 안정감이
그들에게 강력한 힘이 되어 주기까지 한다.
굳이 이런저런 고민을 하지 않고,
어떤 주제로 말해도 반응이 좋으니,
다양한 주제로 관심이 이동하고,

박학다식하게 성장한다.

그러다가 어쩌다 한 번
말을 잘하는 날에는
어김없이 이런 평가를 받는다.
"어쩜, 말'도' 잘하시네요."
여기에는 이런 의미가 녹아 있다.
'외모도 훌륭한데, 말까지 잘한다.'
"말이라도 잘해야지."와
"말도 잘하네요."는
듣는 사람에게 전혀 다른 기분을 전해준다.
게다가 어떤 경우에는
"말씀도 잘하시네요."라며
존대를 해주기도 한다.

외모가 뛰어난 사람 중에서
말을 잘하는 사람이 많은 이유는,
모든 것을 허용한 상태에서
최대한 잘할 때까지 기회를 주니,
결국 자신 있게 잘하게 되는 것이다.

게다가 "말도 잘한다."와 같은
근사한 평가까지 더해지니,
결국 '실수로라도' 잘하게 된다.

내가 그들 이야기를 굳이 꺼낸 이유는
뛰어난 외모의 소유자가 가진
장점을 언급하려는 것이 아니다.
'글쓰기'와 '독서'를 해야 하는 이유가
바로 여기에 있다는 것을 강조하고 싶다.
당신은 지금 무엇을 읽고, 쓰든지,
가장 예쁜 반응을 자신에게 선물할 수 있다.
스스로 자신감을 전하는 것이다.

모두가 미워하고 싫어해도,
나만은 나를 끝까지 사랑할 수 있고,
언제까지나 기회를 줄 수 있으니까.
외모가 선천적으로 타고난 매력이라면,
독서와 글쓰기는 후천적으로 장착할 수 있는
농밀한 지성이 이끄는 매력이다.

외모는 나이가 들면서 점점 시들지만,
지성이 이끄는 매력은 오히려
나이가 들면서 더욱 싱그럽게 빛난다.
그러므로 읽고, 써라.
그런 자신을 깊이 사랑해라.
당신은 누구보다 매력적인 사람이다.

3장

벼락처럼 쏟아져
당신의 삶을 바꿀 말

노숙자들에게 희망을 품게 한
80만 원

미국에서 인간의 심리와 욕구를 선명하게 보여주는 매우 효과적인 실험을 한 적이 있다. 집 없이 떠도는 노숙자들에게 매달 30만원을 주면서, 그 돈으로 무엇을 하는지 지켜본 것이다. 결과가 어땠을까? 예상에서 벗어나지 않았다. 그들은 그 돈으로 술 또는 담배를 사면서, 차마 버릴 수 없는 욕망을 충실하게 실현했다.

그런데 그 이후에 놀라운 일이 일어났다. 매달 제공한 30만 원이라는 금액을 3배에 육박하는 80만 원으로 올렸더니, 전혀 다른 움직임을 보인 것이다. 여전히 20% 정도의 노숙자는 이전처럼 술과 담배로 자신의 욕망을 실현했지만, 내가 주목하는 80%의 변화는 아름다울 정도로 근사했다. 가장 결정적인 변화를 한마디로 압축하면 "저축하기 시작했다."는 것이다.

이게 왜 놀라운 변화일까? 저축한다는 것은 오늘이 주는 모든 유혹을 이겨내고, 내일의 희망을 꿈꾸고 있다는 증거여서 그렇다. 그들은 가장 먼저 술과 담배를 줄이거나 끊었으며, 정상적인 식사를 시작했고, 일상의 전면적인 재검토를 시작했다. 또 욕망을 자제하며, 저축하는 일상의 태도는 일자리를 구하겠다는 의지로 진화했고, 목돈을 마련하는 지점까지 도달했다. 그 누구도 짐작할 수 없던 기적이 일어난 것이다.

같은 돈이라고 생각할 수도 있지만, 매달 주어진 30만 원과 80만 원의 차이가 이렇게 크다. 그들에게 30만 원이 그저 그런 정도의 희망이라면, 80만 원은 내일을 꿈꿀 수 있을 정도로 거대한 희망이었다. 이건 단지 노숙자에게만 적용되는 이야기가 아니다. 우리는 매일 일상에서 자신에게 언어라는 가치를 전하고 있다. 어떤 언어는 희망이라는 포장지를 쓰고 있지만, 30만 원 정도의 힘만 갖고 있고, 어떤 언어는 80만 원의 힘을 갖고 있어서, 단지 그 말을 들려주는 것만으로도 내일이 바뀌는 엄청난 영향력을 행사한다.

나는 지금 어쩌면 당신의 인생을 순식간에 바꿀 수 있는 이야기를 하고 있는 것이다. 당신에게는 80만 원 이상의 가치를 발휘하는 언어가 얼마나 있는가? 어떤 가치를 품은 말을 자신에게 자주 들려주고 있는가? 꿈은 엄청나게 크면서, 30만 원 이하의 가치를 품은 나약한 말을 들려주는 건 아닌가? 그렇다면 그렇게 보낸 세월은 자신에게 모욕감을 안길 수밖에 없다. 열심히 해도, 무엇 하나 성취하지 못할 것이기에.

같은 공간에서 같은 시간에 같은 일을 해도 결과가 다른 이유는, 각자 자신에게 다른 언어를 들려주어서다. 부자가 되는 언어, 지성인이 되는 언어, 지혜를 모으는 언어는 각자 다르다. 언어를 제대로 골라서 써야, 원하는 미래를 만날 수 있다.

"이걸 내가 할 수 있을까?"는
"이걸 해내려면 어떻게 하면 될까?"로,
"그 사람이니까 할 수 있지."는
"그걸 나도 해내려면 어떻게 해야 하지?"로.

조금만 표현을 바꿔도 당신은 자신에게 80만 원 이상의 가치를 품은 보석처럼 귀한 언어를 들려줄 수 있다. 준비 운동도 필요 없는 일이니, 그저 지금부터 시작만 하면 된다.

언어의 수준을 바꾸면
삶의 수준도 바뀐다

출소를 앞둔 한 범죄자의 또 다른 범죄 사실이 알려지면서, 한 기자가 "재구속될 가능성이 높다."라는 내용의 기사를 이런 식의 제목으로 썼다. '출소 앞두고 다른 사건이 발목을 잡다!' 그러자 기사 제목에 분개한 사람들이 이런 식으로 댓글을 남겼다. "무슨 발목을 잡아. 기자가 미쳤냐? 혹시 기자가 범인의 직계존속이냐?", "당연한 수순인 거지 멘트를 신중하게 써라. 생각나는 대로 갈기지 말고!", "아무나 기자를 하는 세상이네. 이러니 기레기라고 부르지!"

당신은 댓글을 읽고 어떤 생각이 드는가? 기사 제목도 적합하지 않지만, 댓글 내용 역시 그 표현이 적합하지 않다. 분노와 혐오를 조장하고 있으니 말이다. 수준 낮은 말은 그 수준에 맞는 낮은 수준의 말을 구사하는 사람을 부른다. 이것이 바로 말의 법칙 중 하나다. 이 기사 제목과 댓글의 수준은 거의 정확하게 일치한다. 수준 높은 말을 구사하는 사람이라면, 이렇게 댓글을 쓰지 않고, 다르게 표현했을 것이다. 아니, 애초에 이런 제목의 기사를 클릭조차 하지 않아 분노할 필요도 없었을 것이다.

우리는 알고 있는 것에만 분노할 수 있고, 반대로 이해한 것만 칭찬하며, 경탄할 수도 있다. 당신이 지금 분노한 것과 칭찬한 것 모두가 결국 당신의 수준인 셈이다. 그러므로 그 사람이 어떤 사람인지 알고 싶다면, 그가 분노하거나 칭찬한 것을 보라. 거기에 그 사람의 수준이 낱낱이 적혀 있다.

우리는 우리가 구사하는 언어 수준 그 이상의 세계에서 살 수 없다. 부자로 살고 싶다면, 부자들이 사용하는 언어를 써야 하고, 지성인이 되고 싶다면, 마찬가지로 그들의 언어를 배워서 자주 사용해야 한다. 언어의 수준이 곧 그 사람의 수준이니까. 쉽게 말해 누군가에게 허물이 있다고 비난한다는 것은, 그 허물을 자신도 갖고 있다는 증거이고, 반대로 누군가에게 근사한 부분이 있다고 경탄한다는 것은, 역시 그걸 알아볼 안목이 있음을 증명한다.

◦◦◦

당신이 살고 싶은 세상과 맞는 수준의
언어를 사용해라.
그것이 그 세상에 갈 수 있는
가장 빠른 방법이다.

부의 원리를 아는 사람들이
가장 조심스럽게 하는 말

　부자가 되려는 사람은 많지만, 그들에게 다가가 "당신이 생각하는 부자는 무엇인가요?"라고 질문하면, 선뜻 답할 수 있는 사람은 많지 않다. 이 부분에서 이런 질문을 던질 수 있어야 한다. "스스로 설명할 수도 없는 것을 어찌 가질 수 있겠는가?" 부자가 되기 위해 중요한 건 환경이나 재능이 아니다. 그보다 스스로 부자가 자신에게 어떤 의미인지 설명할 수 있어야 한다. 설명조차 할 수 없는 것을 어찌 가질 수 있겠는가?

　　- 빚 때문에 잘 모르는 사람에게 고개 숙이며 사정하지 않기 위해서
　　- 스스로 자신의 하루에 만족하며 살기 위해서
　　- 억지로 누군가의 명령에 복종하지 않고 사는 삶을 위해서
　　- 좋은 사람에게 좋은 마음을 전하며 살기 위해서

　이렇게 각자 생각에 따라 부자가 되고 싶은 이유를 다양하게 설명할 수 있을 것이다. 이러한 설명을 스스로 할 수 있게 되었다면, 이번에는 본격적으로 부의 원리를 아는 사람들이 가장 섬세하게

사용하는 말이 무엇인지 알아봐야 한다.

　최근 코로나 기간에 한국의 부자들이 가장 먼저 신경을 쓴 부분이 무엇일까? 그것은 다름 아닌, 상식을 뒤집는 역발상에서 나온 투자법이었다. 그들은 빚을 내서 투자를 하지 않고, 있던 빚을 모두 갚았다. 코로나로 인해서 반짝 경기가 살아났다가, 곧 금리가 인상되고, 극심한 경기 침체가 온다는 사실을 예상하고 있었던 것이다. 이로써 힘든 시기에 더욱 부자가 되거나, 새롭게 부자의 대열에 진입했다. 하지만 이런 이야기를 들려줘도 간혹 이런 응수를 하는 사람이 있다. "그걸 누가 몰라서 우리가 빚을 지면서 사나? 장사가 되지 않아서, 월급이 오르지 않아서, 어쩔 수 없이 빚을 또 내는 것 아니냐?"

　맞는 말이다. 그것 또한 현실이다. 그러나 앞서 언급한 부자들 역시 부채를 갚고, 빚을 지지 않는 선택이 쉽지는 않았을 것이다. 이유는 간단하다. 자산이 많으니 돈을 더 많이 쉽게 빌릴 수 있어서 투자가 용이하기 때문이다. 눈앞에 돈이 보이는데, 나의 것으로 만들 수 있을 것만 같은 미래의 거대한 부를 포기하고, 냉정을 유지하는 건 매우 어려운 일이다. 만약 당신이 그렇게 쉽게 수십억 원의 대출을 받아 투자를 할 수 있는 부자였다면, 저금리 시절에 투자의 유혹에서 자유롭긴 어려웠을 것이다. 그러함에도 그들은 그런 선택을 하지 않았다. 했더라도 금리가 인상되기 직전에 모든 빚을 갚고, 정리하기 시작했다.

여기서부터 매우 중요하다. 부자들이 이뤄낸 비결을 듣고 "에이, 누가 그걸 몰라요?", "그 사람이니까 가능하죠."라고 하는 사람들이 있다. 그런데 이와 같은 말은 푸념일 뿐이고, 잘 몰랐기 때문에 제대로 준비하지 못한 것이다. 여기에 포인트가 있다. 부의 원리를 아는 사람들은 "나 그거 알아."라는 말을 쉽게 하지 않는다. 안다는 것이 얼마나 어려운 일인지 알고, 제대로 알기 위해 연구하고, 투자하는 일상의 가치를 믿고 있어서다. 하지만 부의 원리를 모르는 사람들은 너무 쉽게 "누가 그걸 모르냐!"라는 말을 내뱉는다.

당신의 삶에 부를 더하고 싶다면, 함부로 안다고 생각하지 마라. 당신은 잘 모른다. 제대로 알았다면 지금까지 그런 선택을 하지 않았을 것이고, 자신에게 완전한 변화를 명령하지 않을 수 없었을 것이다. 그리고 원하는 부를 가졌을 것이다. '안다는 것'의 어려움에 대해서 매일 깊이 사색해라. 그 안에서 부의 원리를 발견할 수 있을 것이다.

상대방의 밑바닥을 확인하는
언어 분석법

처음 만나는 사람이라도 그 사람의 입에서 나오는 말을 통해서 그 사람이 지금까지 어디에서 무엇을 하며 살았고, 또 앞으로 어떤 삶을 살게 될지 정확하게 짐작할 수 있다. 말은 그 사람의 과거와 현재 그리고 미래를 보여주는 최고의 증거이므로. 그리고 관계에서 가장 중요한 건 서로 좋을 때가 아니라, 최악일 때 어떻게 바뀌는지 짐작하는 일이다. 만약 상대가 평소 당신에게 이런 3가지 말을 자주 사용하는 사람이라면 피하는 게 좋다.

첫째, "넌 다 좋은데, 이거 하나만 좀 바꾸면 좋겠다."는 말을 사용하는 사람들이다. 이는 그냥 당신을 싫어한다는 뜻이다. 당신에게 이런 이야기를 들려줬던 사람들과의 경험을 바탕으로 생각해봐라. 끝이 좋았는가? 대부분의 경우 정말 '다 좋은데' 혹은 '하나만 바꾸면' 모든 것이 완벽해지는 상황에서 나왔던 표현일까? 반대일 가능성이 매우 농후하다. 차라리 이 말은 이렇게 해석할 수 있다. "다 별론데, 제발 이거 하나라도 좀 바꾸자." 즉, 최선이 아닌 최악의 결과물을 가져왔을 때, 주로 하게 되는 말이라고 할 수 있다. 몇 번은 그럴 수도 있다는 생각에 용납하더라도, 만약 이런 표현의 말이 반복적으로 나온다면, 당신의 모든 것이 싫다는 메시지로 받아들이면 된다. 분명 틀리지 않는 판단일 것이다.

둘째, "존경합니다, 형님!", "존경하는 선생님, 앞으로 많이 가르쳐 주세요!"와 같은 말을 사용하는 사람들이다. 이는 이익이 예상되지 않으면 당장 당신을 버릴 사람의 말이다. "아무도 존경하지 않는 사람은 모두의 존경을 받는다."는 말이 있는데, 그럼에도 주변 여기저기를 보면 서로가 서로의 인맥이 되려고 이런 식의 말을 남발하는 경우가 많다. 물론 그들이 아름다운 관계로 발전하는 경우도 있다. 하지만 극히 드물며, 그렇게 된다고 해서 그걸 진정 아름답다고 말할 수 있을까? 당연히 사람이 사람을 존경한다는 것은 가치 있는 일이다. 그런데 중요한 건 그 말을 내뱉는 사람의 내면이다. 가장 빛나는 가치는 자기 자신을 존경하면서 시작하니까. 혹 그들의 말이 사실인지 알고 싶다면, 그들의 내면이 평소 얼마나 탄탄한지 생각해보면 금방 정체를 밝힐 수 있으니, 스스로 질문해봐라. 수천 명이 다른 곳으로 몰려가도 혼자 남을 수 있는 내면의 힘, 다시 수천 명이 남아도 혼자 떠날 수 있는 의지를 그들이 가지고 있는가? 아니라면 '형님'이나, '존경하는'으로 시작하는 그들의 말은 거짓일 가능성이 매우 높다.

셋째, 언제 본색을 드러내고 배신할지 모를 사람의 말이 있다. 빛이 있으면 어둠이 있고, 앞면이 있으면 뒷면이 있다. 사람도 마찬가지다. 과도하게 웃거나 말이 많은 사람에게는 숨기고 싶은 지독한 슬픔과 외로움이 존재한다. 중요한 건 기분이 매우 빠르게 여기에서 저기로 건너뛰어서 같은 상황에서도 다른 원칙이나 판단 기준이 적용될 가능성이 높다는 사실이다. 기분이 태도와 결과를 결정하기 때문에 늘 실망하고, 배신을 당하는 기분을 느낀다. 더욱 최악의 경우는 간혹 그들은 당신에게 이런 말을 한다. "그렇게 안 봤는데 실망이야!", "네가 그럴 줄은 몰랐어!" 이는 자신의 감정이 변해서 만난 현실의 악재를 당신 탓으로 돌리는 것이다. 그러므로 우리는 언제나 당장 보이지는 않지만, 그를 가장 적나라하게 보여주는 뒷면을 바라봐야 한다.

물론 상대의 밑바닥을 확인할 수 있는 말은 이보다 더 많다. 또한, 지금 소개한 말이 100% 옳다고 확정할 수도 없다. 다만 핵심은 일상에서 자주 사용하는 말을 제대로 분석할 수 있어야, 말을 통해 한 단계 성숙해질 수 있으며, 동시에 속지 않을 수 있다는 점이다. 언제나 말에 모든 증거가 있으니, 상대에 대해서 알고 싶다면 더욱 경청해라.

'자기 검열'이 아닌
'자기 점검'을 하자

우리는 자신도 모르게 내면을 망치는 폭력을 행사하고 있다. 그 주인공은 바로 '자기 검열'이다. 자기 검열의 시선이 나쁜 이유는 이 괴물은 이런 식의 질문만 하게 만들기 때문이다.

"나는 왜 이렇게 부족한 게 많은가?"
"대체 왜 나는 잘되지 않는가?"
"언제쯤 나는 잘될 수 있을까?"

어떤가? 모두 '부정'과 '불가능'에 초점이 맞춰져 있다는 사실을 알 수 있다. 그래서 자기 검열의 시선으로 사는 사람들은 같은 노력을 하고도 좀처럼 나아지지 않는 인생을 살게 된다. 아마 주변에 '저 사람 정말 열심히 노력은 하는데……' 혹은 '안타깝네, 열심히 하는 사람인데……'와 같은 생각을 하게 만드는 사람들이 있을 것이다. 그리고 그들이 우리에게 이런 생각을 하게끔 그런 삶을 반복하는 이유는, 노력한 시간이 쌓이지 않고, 여기저기로 흩어지는 비생산적인 인생을 살기 때문이다.

반면 같은 상황에서도 '자기 점검'의 시선으로 하루를 사는 사람들의 질문은 그 폭과 방향이 전혀 다르다.

"나는 무엇을 갖고 있는가?"
"잘되려면 무엇을 해야 하는가?"
"3년 안에 목표를 이루려면 오늘 뭘 해야 하지?"

모든 질문이 '긍정'과 '가능성'에 맞춰져 있어서 결과도 '성장'과 '고효율'에 가깝게 나온다.

이렇듯 같은 상황에서 같은 노력을 해도, 자신을 바라보는 시선에 따라 전혀 다른 결과를 만나게 된다. 다시 말해 자신의 가능성과 가치를 의심하는 자기 검열이 아닌, 자신에게 가능성과 가치를 부여하는 자기 점검의 시선으로 살아야 한다. 늘 기억하자. 세상이 말하는 모든 기적은 자신의 가치를 믿으면서 시작된다. 매일 자기 점검을 통해 자신의 지성을 단련해 최고의 위치에 올랐던 프랭클린은 이런 조언을 남겼다.

"죽음과 동시에 잊혀지고 싶지 않다면, 읽을 가치가 있는 글을 쓰라. 또는 글로 쓸 가치가 있는 일을 하라."

그의 조언을 당신의 삶에 적용해서 매일 이런 메시지를 자신에게 던져봐라.

"글이 될 가치가 있을 정도의 말과 행동을 하자. 그것이 바로 자기 점검을 실천하는 하루의 시작이다."

언어를 제대로 골라서 써야,
원하는 미래를 만날 수 있다.

젊은 부자들이
가장 자주 사용하는 말

삼성그룹의 창업주 고(故) 이병철 회장은 '돈으로 할 수 없는 3가지 일'에 대해 다음과 같이 말했다. 하나는 경쟁사를 이기는 것이고, 또 하나는 골프 칠 때 공을 원하는 곳에 보내는 것이었다. 그리고 마지막 하나는 자식을 서울대에 보내는 일이었다. 한국에서 가장 돈이 많은 사람도 자식 교육은 해결하기 힘든 문제였다. 하지만 이것은 반대로 이런 사실을 의미한다. "자식 교육은 막대한 돈으로도 해결할 수 없는 가장 공평한 게임과도 같다."

물론 게임이라고 부르는 게 적합하지는 않지만, 내가 말하고 싶은 건 자식 교육만큼은 모두가 같은 선에서 출발할 수 있는 인생에서 몇 안 되는 기회라는 사실이다. 그렇다면 이병철 회장이 자식들에게 가장 자주 했던 교육이 뭘까? 바로, '남들이 모르는 가치를 파악하고 짐작하는 일'이었다. 이를 위해 그는 자식과 며느리에게 얼마의 돈을 주고, 예술 작품이나 골동품을 사 오라는 요구를 자주 했다. 사물의 가치를 얼마나 파악하고 있는지 그 안목을 보고 싶었고, 동시에 그런 과정을 통해 자식과 며느리가 스스로 안목을 높일 수 있기를 바라서였다.

그가 자식의 교육만 공평한 게임이라고 생각했을까? 하나를 보면 열을 짐작할 수 있듯, 그가 부자가 되는 것과 사업을 일으키는 것역시, 안목만 갖추고 있다면 누구나 할 수 있는 공평한 게임이라고 생각했다는 사실을 어렵지 않게 알 수 있다. 그런 그가 안목을 길러 공평한 게임에서 승리하기 위해 사용한 독특한 말버릇이 하나 있었다. 그를 비롯한 자기 분야에서 눈부신 성과를 낸 사람에게서 공통적으로 나타나는데, '모든'이라는 표현을 자주 쓴다는 점이다. 모든이라는 표현에는 수많은 의미가 녹아 있다. "다 그런 건 아니지."와 정반대에 위치한 말인데, 한번 생각해보라.

"모든 것은 이렇게 정의할 수 있어."
"그 모든 건 내 시각 안에 있어."

이렇게 모든이라는 강한 단정을 하기 위해서는 수많은 시간과 사색이 필요하다. 여러 다른 생각과 의견을 배제할 수 있어야 모든이라는 전제를 깔고 시작할 수 있어서다. 또한 그들은 생각이 분명한 만큼 강한 자신감을 갖고 있어서 해낼 때까지 멈추지 않고 도전하며, 결국 원하는 결과를 만들어낸다.

○ ○ ○

우리는 아무리 많이 실패해도
결코 그 실패로 무너지지는 않는다.
우리가 무너지는 결정적인 이유는 오직 하나,
실패가 두려워 시도하지 않는 삶에 있다.
성장을 추구하며, 반복해서 시도한다면,
어떤 실패도 우리를 무너뜨릴 수 없다.

우리는 오늘 풀지 못한 문제를
내일 다시 풀 수 있고,
오늘 실패한 일에
내일 다시 도전할 수 있다.
그게 바로 모든이라는 표현을
일상에서 자주 쓰는 사람의 생각법이다.

당신이 지금 돈이든 명예든 그것도 아니면,
높은 지위든 무엇이든 얻고 싶은 것이 있다면,
모든이라는 표현을 자주 사용하면서,
더 깊어지면 가능한 현실이 된다.

자존감 높은 사람들의
단 하나의 공통점

자존감이 매우 높다고 알려진 음악의 거장 베토벤과 세계적인 대문호 괴테는 서로를 존경하는 관계로, 가끔 만나면서 영감을 나눴다. 하루는 두 사람이 공원을 산책하고 있는데, 지나가는 시민들이 그들에게 머리를 숙이며 경의를 표했다. 모든 시민이 약속이라도 한 듯 고개를 숙여 마음을 전하자, 일일이 모자를 벗어 답례하던 괴테와는 달리 베토벤은 무심코 걷기만 했다. 그때 괴테가 지친 표정으로 베토벤에게 이렇게 말했다. "선량한 시민들이란 참 피곤한 존재들이네요. 이렇게 무작정 내게 고개를 숙이니 말이오." 그러자 가만히 걸어가던 베토벤이 이렇게 응수했다. "괴테 선생, 제가 이렇게 말한다고 섭섭해 하지 마세요. 당신이 화낼 필요는 없어요. 그들은 전부 당신이 아닌 저에게 인사하는 거니까요."

괴테는 모든 시민이 자신에게, 잠자코 있던 베토벤은 자신에게 고개를 숙여 경의를 표하고 있다고 생각한 것이다. 나는 문학은 괴테의 책만, 음악은 베토벤만 들어도 그걸로 충분하다고 생각하는 사람이다. 최고의 글과 음악이 있는데, 굳이 차선을 선택할 이유는 없어서다. 또한, 그런 마음이 들게 할 정도로 완벽하며, 자기 색이 선명한 것을 창조한 그들의 삶에는 어떤 경우에도 자신의 눈으로 바라보며 생각하는 강한 자존감이 존재했다. 이처럼 뭐든 새롭고, 동시에 깊은 창조물을 내놓기 위해서는 강력한 내면의 힘과 길을 잃지 않게 해주는 예리한 시각이 필요한데, 그걸 해내려면 탄탄한 자존감이 필요하다.

그렇다면 강한 자존감은 어떻게 자신의 것으로 만들 수 있을까? 이를 설명해줄 만한 사례가 있다. 한 기자가 평생 딱 두 번의 패배만 기록할 정도로 전설적인 권투 선수에게 이렇게 물었다. "당신이 만난 선수 중 가장 강한 사람은 누군가요?" 그는 놀랍게도 이런 답을 했다. "나는 딱 두 번 패배했는데, 모두 같은 상대였습니다." 이유가 궁금하다는 말에, 그는 이런 답변을 내놨다. "그 선수는 어떤 경우에도 자기 플레이를 하는 사람이었어요. 상대가 어떻게 나오든 상관없이 자신의 것을 해냈지요. 도발을 해도 말려들지 않았습니다. 자신의 방식을 갖고 있었으니까요."

○ ○ ○

우리가 살면서 예상하지 못한 상황에서
자꾸만 쓰러지고 실패하는 이유는
상황 그 자체에 있는 것이 아니다.
당황해서 자신의 것을 잊고,
다른 곳에 정신을 팔았기 때문이다.

자존감이 강한 사람들은
언제 어디에서든 자신을 잃지 않고,
자신의 것을 해낸다.
경쟁자나 상대방의 눈치를 보거나,
다른 방식에 현혹되는 경우가 없고,
늘 하던 대로 자신의 말과 행동을
세상에 보여주며 살아간다.

원하는 것을 얻게 될
가능성이 높은 말투

말과 글이 중요한 이유는 유혹하기 위해서가 아니라, 자기 마음에 꼭 맞는 언어를 선택함으로써, 상대방에게 제대로 전달할 수 있는 수단이 되어주어서다. 그래서 말과 글을 정교하고, 섬세하게 다룰 수 있는 사람은 관계에서 혹은 일에서 그러한 능력이 떨어지는 사람에 비해 더 많은 것을 얻게 된다. 예를 들어 그러한 능력이 떨어지는 사람들은 막대한 돈과 시간을 투자하면서도 실패하지만, 그들은 가만히 앉아서 메일 하나, 문자 하나로도 모두가 힘들다고 생각한 일을 빠르게 해낸다. 아마 당신도 이런 경우를 자주 목격해서 공감할 것이다. 나는 지난 30년간 그들에게 나타나는 7가지 공통된 말투를 찾았다. 본질만 압축하여 아래에 설명해두었으니, 모두 자기 것으로 만들기를 바란다.

첫째, "제가 ~을 해도 될까요?"와 같은 허락을 구하는 말투다. 우리 모두는 직장에서 혹은 가정에서 상대에게 어떤 부탁을 하거나 제안을 할 때가 있다. 그때 허락을 구하는 말투로 접근하면, 좀 더 수월하게 원하는 것을 얻게 된다. 가령, "제가 여기 앉을게요."보다

"자리가 비었다면 제가 저기 앉아도 될까요?"가, "저기 종이 좀 가져다줘."보다 "종이 좀 가져다줄 수 있겠니?"가 좋다.

둘째, "당신 말이 정말 맞아요."처럼 신뢰를 전하는 말투다. 신뢰는 인간관계에서 매우 중요한 역할을 한다. 나를 신뢰하는 사람에게 조금 더 잘해주고 싶은 마음이 들기 마련이니까. 그러므로 상대가 본인의 생각을 말할 때마다 이렇게 반응하면, 신뢰하고 있다는 마음을 전할 수 있다. "그렇게 생각할 수도 있겠지."보다 "당신 생각이 참 좋네요."를, "그게 맞는 말일까?"보다 "네 생각은 늘 믿음이 가네."를 권한다.

셋째, "그것도 참 좋네요." 식의 긍정 더하기 긍정의 말투다. 여기에서 중요한 건 반복되는 긍정이다. '도'와 '좋다'라는 표현을 한 문장에 나열하면, 강력한 긍정 메시지를 전할 수 있다. 이런 방식으로 말하면 된다. "그건 좀 괜찮은 것 같네."가 아닌 "그것도 정말 좋은데.", "오늘 음식은 어제보다 좀 나아졌네."가 아닌 "오늘도 어제처럼 근사한 음식이네."

넷째, 공을 돌리는 말투다. "당신 덕분입니다."라고 하는 것이다. 원하는 것을 갖는 게 목적이라면, 굳이 자신의 영향력을 과시하거나 자랑할 필요는 없다. 그건 상대방의 마음을 불편하게 해서, 당신을 돕지 않게 만들기 때문이다. 그러니 이런 방식으로 말하는 게 좋다. "너 때문에 엄청 고생했잖아." 대신 "당신 덕분에 탄탄하게 시작할 수 있었어요.", "내가 열심히 해서 좋은 결과가 나온 거지." 대신 "네가 있어서 내가 더 열심히 할 수 있었어."

다섯째, "그래, 맞아!"라며 공감을 전하는 말투다. 사람은 자기 생각과 말을 알아주는 사람에게 자신의 모든 것을 주기도 한다. 별것 아닌 것처럼 느낄 수 있지만, 이야기를 나눌 때마다 이런 식으로 공감의 표현을 듣게 되면, 힘이 나는 게 사실이다. "그래, 그럴 수도 있겠네."라는 말보다 "그래, 그게 진짜 맞아.", "다 그런 건 아니지."라는 말보다 "맞아, 그런 경우가 정말 있지!"라고 해보자.

여섯째, 가치를 부여하는 말투다. 뭐든 좋은 결과를 내려면 상대방의 생각과 아이디어를 자주 듣고, 접할 수 있어야 한다. 이때 도움되는 것이 바로 상대의 생각을 자극할 수 있도록 가치를 부여하는 말투다. 이를 참고해 이렇게 바꿔 봐라. "그건 이미 나왔던 것 같은데."를 "맞아, 그런 멋진 아이디어가 필요해."로, "그 이야기는 식상하다."를 "조금 방향만 틀면 더 특별해질 것 같아!"로.

일곱째, 좋은 기분을 전하는 말투다. 일할 때나 놀 때, 그 외에도 언제든지 좋은 기분은 관계를 빛내는 최고의 에너지다. 상대가 어떤 계획에 대해 설명할 때 이렇게 반응하면, 상대의 기분을 좋게 만들 수 있어 관계도 좋아지고, 일의 방향도 긍정적으로 흐를 수 있다. 이를테면, "그게 잘될까?"라고 하기보다 "듣기만 해도 가슴이 떨리네.", "누가 그걸 몰라서 안 하냐?"라고 하기보다 "느낌 좋아. 우리 같이 시작해볼까?"를 사용하는 것이다.

어떤가? 단어를 조금만 바꿨을 뿐이지만, 느껴지는 감정은 이전과 완전히 달라졌다. 말과 글은 생각처럼 어려운 게 아니다. 여기에 제시한 7가지 원칙만 기억하며 대화를 나눈다면, 당신의 관계와 일의 역사는 어제와 오늘 이후로 나뉠 정도로 달라질 것이다. 자, 지금 당장 시작해 당신만의 역사를 만들어라.

자존감이 바닥일 때
자신에게 들려주면 바로 힘이 되는 15가지 말

세상에 나쁘기만 한 상황은 없다. 당신이 아이를 키우는 부모든, 직장에 다니는 사람이든, 언제나 중요한 건 본인의 의지다. 어떤 최악의 상황에서도 의식적으로 좋게 보려면, 얼마든지 좋게 볼 수 있다. 결국 의지의 문제이고, 그걸 결정하는 핵심은 자존감에 있다. 왜냐하면 자존감이 흔들릴 때마다 의지가 약해지기 때문이다. 자존감이 바닥일 때 자신에게 들려주면, 바로 힘이 되는 15가지 말을 소개한다. 매일 자신에게 들려주면, 매일 나아지는 자신을 느낄 수 있을 것이다.

이 정도면 나도 괜찮은 사람이지.
결국 난 잘될 수밖에 없어.

눈물이 날 때는 마음껏 울자.
울 수 있어야 내 인생이니까.

힘든 시간은 곧 사라질 거야.

내가 그걸 강력하게 원하고 있으니까.

눈에 불을 켜고 내 장점만 찾으며 살자.
좋은 것만 보기에도 인생은 짧아.

이제 근사하게 사는 것을
내 삶의 우선순위에 두기로 했다.

다른 사람 기분은 그만 배려하자.
하고 싶은 말이 있으면 하고 사는 거야.

급하게 생각할 게 하나도 없지.
나는 이미 멋진 길로 들어섰으니까.

나는 내가 행복했으면 좋겠다.
무엇보다도 내 마음 편한 게 우선이지.

내가 보낸 시간은 사라지지 않고,
지금도 행복한 미래를 만들고 있어.

나는 늘 가장 좋은 상태로
내 감정과 기분을 유지할 수 있어.

나 자신에게 먼저 좋은 사람이 되자.
그래야 사랑하는 사람을 지킬 수 있으니까.

난 타인의 박수를 기다리지 않는다.
매 순간 스스로에게 박수를 치고 있으니까.

하나도 걱정할 필요가 없어.
내 선택은 언제나 결과까지 좋았으니까.

나처럼 열심히 산 사람도 없어.
그러니 더욱 잘될 수밖에 없지.

사람들의 인정은 별로 중요하지 않지.
내 삶이 나를 강력하게 추천하고 있잖아.

사람들 마음속에는 누구나 내면 아이가 살고 있다. 그래서 누구
나 가장 나약한 상태의 자신을 기억하고 있다. 어릴 적 부모에게 받

은 상처와 고통스러운 마음, 살아가며 쌓아온 온갖 슬픔과 원망, 그리고 모멸감이 내면에 존재한다. 이제 당신 자신에게 이렇게 명령해라. 그로 인해 당신은 내면 아이를 차분하게 재울 수 있을 것이다.

"내 마음속에 사는 아이는,
이제 결코 나를 미워하지 않는다.
나는 세상에서 나를 가장 사랑한다."

그리고 오래오래 이 사실을 기억해라.
당신은 사랑받을 자격이
충분한 사람이다.

언제나 중요한 건 의지다.
어떤 최악의 상황에서도
의식적으로 좋게 보려면,
얼마든지 좋게 볼 수 있다.

관계를 돈독히 하는
"다행이다."라는 마법의 말

'꼰대'로 불리는 건 누구에게나 싫고, 거부하고 싶은 일이다. 아무리 자존감이 강해도, 그런 말을 듣고 사는 건 견디기 힘든 고통이다. 그만큼 부정적인 이미지를 담고 있기 때문이다. 그러나 누구나 꼰대가 될 가능성을 품고 살고 있다. 이유는 간단하다. 자신이 이룬 결과를 자랑하지만, 타인이 이룬 성과는 인정하지 않으려는 태도가 우리를 그렇게 만드니까.

사람은 누구나 자신이 새롭게 알게 된 지식과 정보 혹은 지위와 재산을 자랑하고 싶은 마음을 갖고 있다. 그래서 더욱 위험하다. 지금도 각종 SNS에 올라오는 내용이 그런 인간의 욕구를 증명하고 있다. 좋은 곳에서 근사한 시간을 즐기는 나를 자랑하기 위해 사진을 찍고, 최대한 자랑이 느껴지지 않게 가공해서 공유한다. 하지만 마지막까지 읽어보면 결국 다 자랑이다.

우리는 일상에서 이런 순간을 자주 맞이한다. 예를 들어, 오랜만에 지인들과 함께한 술자리에서 누군가 최근 고가의 멋진 자동차를 뽑았다고 자랑스럽게 말하면, 보통 이런 식의 반응을 보인다. "뭐야, 다들 살기 힘든데 자랑하냐!", "자랑 좀 적당히 해라!" 아무리 좋게 말해도 이 정도 수준에서 크게 벗어나지 않는다. "축하한다, 축하해!", "좋겠다. 좋은 자동차 몰아서!", "나는 언제쯤 그런 자동차 한번 가져보나."

그날도 마찬가지였다. 모두가 이런 식의 리액션을 던질 때, 한 친구가 전혀 결이 다른 말을 전했다. 그 멋진 한마디는 바로 이것이 었다.

"참, 다행이다."

자연스럽게 모두의 시선이 그의 입을 향했고, 그는 이어서 이렇게 말하며, 친구의 성공을 축하해줬다. "많은 사람이 어려운 이 시절에, 네 노력이 빛을 발해서 참 다행이다. 정말 축하해, 멋지다!"

순간 그 말을 건넨 사람을 바라보는 수많은 사람의 시선이 달라 졌고, 결정적으로 새 차를 장만했다고 말한 사람의 눈빛이 완전히 바뀌었다. 그 안에는 온갖 좋은 감정이 가득했다. 고마움, 따뜻함, 희망과 우정까지 말이다. 이렇게 모두가 제대로 축하해주지 못할 때, "다행이다."라는 말은, 온전히 상대방 마음에 닿는 말이 될 수 있다. 상대방이 잘되는 모습에서 다행이라는 감정을 느낀다는 건 참 쉬운 일이 아니기 때문이다. 그래서 그 한마디 말에 더욱 감동하지 않을 수 없게 된다.

누군가에게 당신의 진심을 전하고 싶거나, 관계를 좀 더 돈독하게 만들고 싶다면, 상대방이 자신이 이룬 성과나 결과를 말할 때, "다행이다."라는 표현을 넣어서 말해봐라. 이전과 다른 분위기를 만들 수 있을 것이다. 관계는 결국 자신이 가진 마음을 더욱 선명하게 전하며 가까워지는 거니까.

최선을 다하는 사람의 말과 삶은
무엇이 다른가?

하루는 세계 최고의 가수로 활동하는 방탄소년단의 멤버 슈가에게 한 기자가 이렇게 물었다. "방탄소년단의 인기가 영원할 거라고 생각하시나요?" 대답하기 힘든 곤란한 질문이었다. 영원할 것 같다고 답하면 건방지게 느껴질 수도 있고, 반대로 언젠가는 끝날 거라는 사실을 알고 있다고 말하면, 자신을 좋아하는 팬에게 자신감이 없게 느껴질 수도 있기 때문이다. 하지만 그 힘든 양극단에서 슈가는 가장 적절한 지점을 발견했고, 자신의 생각을 이렇게 근사하게 표현했다.

"너무 높게 날고 있는 것 같습니다.

너무 많은 게 보이고, 너무 멀리 보입니다.

구름 위는 항상 행복할 줄만 알았는데,

아래를 보니 때론 두렵기도 하네요.

그러나 우리는 함께 날고 있음에 용기를 얻습니다.

추락은 두렵지만, 착륙은 두렵지 않습니다."

그의 답변이 아름다운 시처럼 들리는 이유는, 최선을 다한 사람만이 표현할 수 있는 말이어서 그렇다. 그들의 음악이 세계인의 독보적인 사랑을 받으며, 승승장구하는 이유 역시 여기에서 찾을 수 있다. 슈가의 말처럼 언젠가는 바닥에 떨어지게 되겠지만, 멤버가 함께 최선을 다해 날고 있으니, 그건 갑작스러운 추락이 아닌 안전한 착륙이 될 것이라고 확신하는 것이다.

자기 생각을 선명하게 드러내는 슈가의 이런 방식의 말은 매우 다양한 인터뷰에서 찾아볼 수 있다. 예를 들자면 "어떤 멤버가 가장 잘 우나요?"라는 기자의 질문에 다들 정국을 가리키자, 슈가는 정국을 바라보며 이렇게 말했다. "울어도 돼. 다만, 혼자 울지는 마." 순식간에 자신의 진심을 표현할 멋진 말을 찾아낸 것이다. 그 힘은 어디에서 나오는 걸까? 답은 이미 나와 있다. '열심히' 무언가를 해서 어떤 결과를 이뤄낸 사람들은 모두 자신의 진심을 표현하는 데 있어서 탁월한 능력을 갖게 된다. 이는 열심히 지내온 세월이 주는 선물과도 같다.

○ ○ ○

열심히 자신의 일을 해낸 사람이
특별한 언어적 능력을 갖는 이유는,

이런 삶의 태도를 갖고 있기 때문이다.
어디에서든 무언가를 이루어내는 사람은
방탄소년단이 빌보드 차트에서 1위를 한 것처럼,
모두가 말이 되지 않는다고 하는 특별한 일을
말이 되게 만들어 평범하게 만들고,
어디에서든 무언가를 이루지 못하는 사람은
모두가 말이 되지 않는다고 하는 특별한 일을
할 수 없다고 포기해서 자신을 평범하게 만든다.

모두가 가능하다고 말하는 일은
아무리 많이 성공하고 해내도,
세상이나 자신을 바꾸기 힘들다.
가치 있는 특별한 결과는 언제나
모두가 불가능하다고 생각한 일을
엄청난 노력을 통해 가능하게 만들어서,
평범해지게 만드는 과정에서 나오니까.
방탄소년단 멤버들의 말과 행동이 빛나는 이유 역시,
매우 특별한 일상을 보내며 가장 이루기 어려운 것을
멋지게 해낸 덕분이다.

행운이 깃드는 사람들은
질문이 다르다

비가 세차게 내리는 날이었다. 밖으로 나갈 수가 없어서, 저녁에 배달 앱을 통해 음식을 주문했는데, 주문한 지 90분이나 지난 후에야 음식이 도착했다. 예상 시간보다 60분이나 더 걸린 셈이다. 면은 완전히 불어 있었고, 음식은 차갑게 식어 있었다. 문제는 그게 끝이 아니었다. 중간에 무슨 일이 있었는지, 음식이 담긴 형태가 정돈된 모습이 아니었다.

"정말 정말 죄송합니다." 음식을 배달한 청년은 미안한 표정으로 내게 연신 사과를 했다. 그의 설명에 따르면, 빗길에 넘어져서 음식을 담은 통이 바닥에 떨어졌다고 했다. 이에 그는 자신의 실수로 예상보다 1시간이나 늦었으니, 도저히 이대로 그냥 갈 수 없다며, 매우 진지한 음성으로 음식값을 돌려주겠다고 했다.

하지만 그가 지갑을 꺼내는 그 순간, 나는 분명한 음성으로 이렇게 답했다. "아닙니다! 이렇게 비가 세차게 내리는데, 배달을 시킨 제 잘못도 있습니다. 혹시 많이 다친 건 아니시죠? 당신이 보여준

마음 덕분에 오늘 전 크게 감동했어요. 그 마음이 밥보다 든든하고
따뜻합니다. 이미 그걸로 저는 제가 낸 돈 이상의 것을 받았습니다.
그럼, 이 식사는 보너스가 되겠네요, 감사히 즐기겠습니다."

누구에게나 이런 순간이 있다.
정말 최악의 일만 반복되면,
좋았던 기분도 금방 사라지게 된다.
그래서 우리는 더욱 어떤 상황에서든
가장 좋은 것을 발견해야 한다.
나쁜 부분을 발견하는 건
매우 쉬운 일이다.
처음 만나는 사람이라도
그 사람의 행동을 보고 있으면,
어디가 잘못되었는지 금방 알 수 있다.

아무튼 그가 늦었고,
그가 음식통을 떨어뜨렸고,
그로 인해 90분이나 기다린 사실은
누가 봐도 당장 알 수 있는 최악의 일이다.
하지만 그럼에도 불구하고

가장 좋은 것을 발견하는 일은
매일 만나는 사람이라고 해도 어렵다.
그건 재능이 아니라 의지의 문제이기 때문이다.

이런 3가지 질문을 던지면,
언제든 그런 의지를 가질 수 있다.
"나는 이 상황에서 무엇을 얻었나?"
"무엇을 새롭게 깨닫고 마음에 담았나?"
"어떤 생각을 하면 기분이 좋아질까?"
최악의 기분을 선물하는 건
세상이나 주변 사람들의 의지가 아니라,
오로지 자신의 의지일 뿐이다.
질문을 바꾸면 의지가 바뀌고,
이후에 보이는 세상은 전과 다르다.

말을 잘할 수 있는
생각하지 못했던 방법

"어떻게 하면 말을 잘할 수 있을까?"
결국 말을 못해서 걱정하는 사람들이
가장 많이 시도하는 건 이것이다.
'말을 잘하려고 노력하기'
당연한 과정이라고 생각할 수도 있다.
그래서 개인적으로 코칭을 받거나
학원에 다니며 테크닉을 배우기도 한다.
하지만 이런 방식의 시도와 연습은
실패로 돌아갈 가능성이 높다.

이유가 뭘까?
무엇이 문제인지 제대로 알아야
평생 숙원인 달변가가 될 수 있다.
말을 누구보다 잘하고 싶어서 한
온갖 시도가 실패로 이어지는 이유는,
반대로 말을 잘하는 사람들을 관찰하면

보다 쉽게 알 수 있는데,
그렇게 하지 않아서다.

단순하게 자신감이 넘치는 액션이나
손짓과 태도 등으로 포장한 달변가들은
결국 한계에 봉착한다.
이 부분이 매우 중요하다.
정말로 말을 잘하는 사람들의 공통점은
내면에 수많은 재료가 들어 있다는 것이다.
내면에 들어 있는 게 많아서,
말을 잘하는 사람들은
반대로 말을 못하는 게 힘들다.
내면에 못하는 요인이 존재하지 않아서,
아무리 작정을 해도 잘하게 된다.

정말 간단하지만
꼭 알아야 할 진리다.
"못하는 사람들은
잘하는 게 힘들고,
잘하는 사람들은

못하는 게 힘들다."

그렇다.
말을 잘하기 위해서 필요한 건
잘하려는 각종 노력이나,
테크닉을 쌓는 시간이 아닌,
내면에 근사한 표현과
생생한 삶의 경험을 쌓는 일이다.
당연하다고 생각하지 말자.
그걸 해내지 못해서 달변가의 꿈을
이루지 못하는 사람이 정말 많으니까.

생생한 삶의 경험이
근사한 표현과 만나
입을 통해서 나올 때 우리는
"아, 저 사람 말 잘하네!"라며,
경탄을 금치 못하게 된다.
정말로 말을 잘하고 싶다면,
본질에 가까운 이 공식을 잊지 말자.

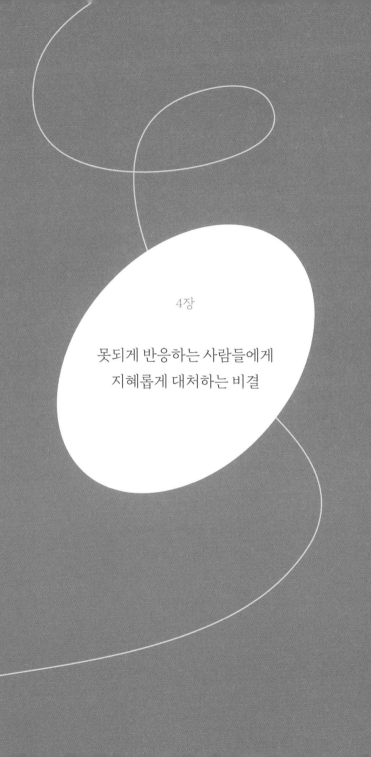

4장

못되게 반응하는 사람들에게
지혜롭게 대처하는 비결

모든 사람에게 존중받는
사람들의 태도

존중의 법칙은 매우 간단하다. 내가 당했을 때 기분 나쁜 말과 행동을 상대방에게도 하지 않는다면, 우리는 누구나 자신의 일상을 존중으로 가득 채울 수 있다. 누군가를 존중한다는 것은, 그 누군가의 존중을 받을 수 있는 가장 빠르고 정확한 방법이다. 하지만 그 간단한 관계의 법칙이 제대로 이루어지지 않고 있다.

특히 온라인에서 존중이라는 단어가 사라지고 있는 현실이다. 예를 들어서 최근 배달 음식 문화가 자리를 잡고 있는데, 주문할 때 무례하거나, 상식에서 벗어난 과한 요구와 욕설에 가까운 글을 요청사항에 적는 소비자가 있어 사회적인 문제가 되고 있다. 간단하게 그들이 남긴 메모를 살펴보면 이런 식이다.

"마스크 꼭 착용하고 요리 부탁. 봉투 꼼꼼, 무 꽉 채워 예쁘게 넣고, 음식 양은 넉넉하게, 바삭하게 튀겨서!"
"절대 오토바이 소리 안 나게. 강아지 있으니 벨 누르거나 노크하지 말고, 문 앞 의자 위에 흙 안 묻게 올린 다음 사진 찍어서 문자로 전송 부탁.

음식 절대 안 식게. 수저와 포크 챙겨서!"

"월급 받으면 배달비를 포함해 계좌 이체하겠으니 음식 먼저 주세요."

"초밥에 들어가는 밥은 반만 주시고, 대신 회를 더 주세요."

"홍합 빼고, 그만큼 면을 더 주세요. 많이 매우면 조금 덜 맵게 해주세요."

"배달 빨리 좀 해주세요. 음식 식어있으면, 픽업 시간 확인하고 돌려보냅니다."

"동생이 배고프니까 빨리 배달해줘. 맞기 싫으면ㅋㅋㅋ"

다 읽으니 기분이 어떤가? 만약 당신이 이런 메모를 받은 식당의 사장이라면 마음이 어떨까? 그런 고객의 요구에 짜증이 나서 주문을 취소하면, 바로 "왜 취소하느냐!"라고 항의 전화가 온다. 게다가 한 술 더 떠서 "당신의 고객 무시를 공개적으로 밝히겠다."라고 협박까지 하는 사람이 있다면, 정말 사는 게 고통스럽게 느껴질 것이다. 그래서 나는 언제나 주문할 때, 마치 나 자신에게 들려주는 것처럼 이렇게 쓴다.

"음식 정말 맛있어요. 인기도 더 많아지고, 고객도 많아질 겁니다. 자주 주문하고 입소문도 내겠습니다."

존경과 존중은 다르다. 존경은 상대방을 나보다 높은 곳에 두고 위로 바라보는 것이지만, 존중은 상대방을 마치 나를 대하듯 소중한 마음으로 동등하게 대하는 것을 말한다. 우리는 모두를 존경할 수는 없지만, 마음만 먹으면 모두를 존중할 수 있다. 존경은 세상의 기준에서 나온 상대방의 권위나 위치일 수 있으나, 존중은 내가 상대방을 바라보는 개인적인 시각에서 나오는 것이니까. 그러므로 존중은 스스로 자신을 아름다운 세계로 이끄는, 마음만 먹으면 언제나 발행 가능한 티켓과도 같다.

누군가에게 좋은 말을 들려준다는 것은 서로에게 아름다운 공간을 선물하는 일과 같다. 한마디 말로 순식간에 주변이 아름다워질 수 있으니까. 메모를 읽은 상대만 좋은 게 아니라, 그걸 전한 내 마음도 예뻐진다. 그런 순간을 자주 경험하면, 저절로 나의 운도 좋아진다. 나의 마음을 받은 수많은 사람이 여기저기에서 내게 좋은 마음을 전하고 있을 테니. 당신의 행운과 기적을 위해 지금부터 시도해보자. 좋은 것을 굳이 미룰 필요는 없지 않은가.

성공과 성장의 본질을 알아야
내게로 초대할 수 있다

　각종 SNS를 둘러보면, 다들 화려하게 사는 것 같다는 착각에 빠지게 된다. 그래서 어떤 사람들은 간혹 이런 자책을 한다. '나만 왜 이렇게 사나.', '나도 저렇게 될 수 있을까?', '다들 성공하는데 왜 난 이 모양이지?', '대체 나는 언제쯤 잘될 수 있나!' 또한, 이런 고민을 하는 사람들의 공통점 중 하나는, 성공을 쫓아가서 힘으로 제압하려고 한다는 데 있다. 이 부분이 매우 중요하다. 이걸 알아야 성공과 성장의 본질을 깨우쳐서 활용할 수 있다.

　일단 앞에 소개한 4가지 형태의 고민에서 벗어날 필요가 있다. 전혀 그런 자책이나 고민을 할 필요가 없다. 당신은 그저 이 말만 기억하며 살면, 성공과 성장의 본질에 다가설 수 있다.

　　"지금 잘난 척한다는 것은,

　　잘난 게 하나도 없다는 증거이고,

　　앞서서 가고 있다고 굳이 말한다는 것은

　　스스로 자신의 길을 믿지 못한다는 증거다."

성공이나 성장 그리고 행운처럼 모두가 가지길 원하는 세상의 좋은 것은, 결코 쫓아가서 잡을 수 없다. 인간의 느린 속도로는 그들의 그림자도 잡을 수 없기 때문이다. 본질은 다른 곳에 있다. 다시 말해, 성공과 성장은 쫓아가는 것이 아닌, 그것들이 나를 쫓아오게 하면서 품에 안아야 하는 대상이다. 한번 생각해봐라. 나보다 빠른 것들을 따라가는 게 효율적인가, 반대로 그것들이 나를 쫓아오게 만드는 게 효율적인가? 후자의 방법을 사용하면, 당신이 아무리 그것들과 반대로 달려가도, 결국 잡게 될 것이다. 쉽게 말해서 어디에서든 뭘 해도 잘되는 사람이 되는 것이다.

○ ○ ○

수없이 많은 시도와 노력으로
성장과 성공이 나를 쫓아오게 만들고,
우리는 그들이 내게 안길 수 있게
내면이라는 품을 허락해주면 된다.

성장과 성공의 본질을 아는 사람들은
결코 스스로 잘났다고
말하거나 글로 써서 알리지 않는다.
이미 그 자체로 빛나니까.

빛나는 태양이 스스로를
"난 빛나는 존재야."라고 말할까?
빛나는 사람은 언제나 조용하다.
아무리 침묵해도,
빛은 사라지지 않으니까.

세상의 온갖 좋은 것은
내게로 올 수 있게
허락해주는 것이지,
설득과 설명으로
애원하는 대상이 아니다.
더 빨라지지 말고,
더 깊어져라.

"내게 꼭 맞는 사람은
대체 어디에 있는 걸까?"
자신에게 꼭 맞는
좋은 사람을 찾으려고
여기저기를 방황할 필요는 없다.

반대로 생각해보자.
최악의 성격과 태도로
내면을 파괴하는,
폭탄과도 같은 사람만
반복해서 만나는 사람이 있다.
대체 이유가 뭘까?

관계의 법칙은 이렇기 때문이다.
다음 4줄을 꼭 기억하길 바란다.
"나쁜 사람 사이에 중간중간

좋은 사람이 있을 가능성이 희박하다.
나쁜 사람 옆에 더 나쁜 사람이 있고,
좋은 사람 옆에 더 좋은 사람이 있다."

삶은 초코칩과는 다르다.
환상에서 벗어나야 한다.
당신이 원하는 좋은 사람은
과자 중간중간 박힌 초코칩처럼
균일하게 포진되어 있지 않다.
그래서 폭탄을 밟은 사람은
평생 그렇게 폭탄만 밟게 된다.

좋은 사람을 만나고 싶다면
좋은 사람이 모인 곳을 찾아야 한다.
나쁜 것이 서로 모여 있듯이,
좋은 것도 하나가 되어 모여 있다.
좋은 사람 옆에
더 좋은 사람이 있다.

누군가에게 좋은 말을 들려준다는 것은
서로에게 아름다운 공간을 선물하는 일과 같다.

악플에서 자유로워져
건강한 SNS 활동하는 법

온라인에서 활동하면 누구나 악플을 경험하게 된다. 하지만 어디에 가서 하소연을 하기도 힘들어서 혼자 낑낑대며 아파하곤 한다. 그래서 간단하게 정리하며, 자유를 찾는 방법을 전하려고 한다. 악플은 주로 이런 방식으로 이루어진다. 예를 들어 내가 '일상을 바꾸는 시간 관리법'을 주제로 강의를 하면, 그걸 들은 악플러들은 이렇게 반박을 시작한다.

첫째, "그거 다 좋은 말인데" 일단 자신이 타인의 의견도 존중하며, 꽤 합리적인 사람이라는 뉘앙스를 풍기기 위해 마음에 없는 말을 한다. 만일 '~하지만', '~한데'라는 방식으로 글을 시작하면, 대부분 좋은 사람이라는 가면을 쓴 최악의 인간일 가능성이 높으니, 너무 많은 관심을 쏟지 말고, 스치는 게 마음 건강에 좋다. 그럼에도 당신이 착한 마음으로 인간에 대한 가능성을 믿고 있다면, 다음을 보라.

둘째, "너무 시간 관리로 한정한 것 아닌가요?" 이제 본격적으로 매우 개인적이며, 논리에 맞지 않는 이야기로 반론을 전개한다. 강의 주제가 '시간 관리법'인데, 강의를 시간 관리로 한정했다는 말이 대체 무엇을 의미하는가? 주제에서 벗어나라는 말인가? 내게 호의적인 사람이라면, 강의를 잘 구성했다는 말로 칭찬하겠지만, 이 사람은 뭐든 나쁘게 보려고 작정했기 때문에 모든 장점을 단점으로 바라본다. 이들의 공통점이다. 누가 봐도 장점으로 판단되는 부분을 이들은 단점으로 지적한다. 그게 가장 쉽게 싫은 상대를 비난하는 방법이니까.

셋째, "세상에는 다양한 것이 있죠." 가장 나쁜 말 중 하나다. 물론 맞는 말이다. 그러나 대화에서 혹은 글에서 이걸 실현하기는 불가능하다. "왜 다양성을 인정하지 않나요?"라는 상대의 악플 역시도, 내가 주장하는 내용의 다양성을 인정하지 않은 것이기 때문이다. 또한 그런 방식으로 생각하면, 아무 것도 말하거나 쓸 수 없다. 모든 것은 언제나 반박이 가능하며, 비난의 주제가 될 수 있어서다. "다 그런 건 아니죠.", "다양성을 생각하세요."라는 식의 말은 무논리로 상대를 비난하고 싶은 사람들이 쓰는 대표적인 표현이니, 신경 쓰지 말고 넘기자.

넷째, 글이 엄청나게 길다. 악플은 보통 엄청나게 길다. 본 글보다 긴 경우도 다반사다. 이유가 뭘까? 간단하다. 찔리기 때문이다. 이런 표현은 좋아하지 않지만, 본 글이나 강연에서 나온 말에 뼈를 맞아 너무 아파서, 자신의 힘든 감정을 숨기려고, 글이 길어지는 것이다. 힘든 감정이지만, 힘들지 않은 것처럼, 쿨한 사람처럼 보이기 위해서 자꾸만 쓸데없는 말을 덧붙이니 글이 길어질 수밖에 없다.

다섯째, '좋아요'가 많다. 악플이 정말 나쁜 이유는 악플에 좋아요를 누른 사람이 많다는 사실이다. 이게 마음을 더 힘들게 만든다. '내가 잘못한 건가?'라는 생각을 하게 하니까. 하지만 이런 현상이 일어나는 이유 역시 간단하다. 평소에 싫은 감정을 가졌지만, 대놓고 악플을 쓸 용기가 없던 사람이 몰려와 순식간에 좋아요를 클릭한 것이다. 나는 개인적으로 악플을 쓴 사람보다 악플러의 글에 좋아요를 누른 사람이 더 나쁜 사람이라고 생각한다. 그러니 당신의 정신 건강을 위해서 이들 역시도 악플러와 같은 취급을 하길 바란다.

종합하자면, 어색한 긍정에서 시작해서 비논리적인 전개로 이어지고, 맞지도 않는 다양성을 주장하며, 길게 쓴 댓글은 아예 신경을 쓰지 않는 게 좋다. 그들은 비난 이외의 말은 하지 못하는 사람이기 때문이다. 비난은 창조와 전혀 닿지 않는 세계에 있는 저급의 표현이다. 내가 이 글을 쓴 이유도 거기에 있다. 부디 당신이 그런 방식의 수준 낮은 사람에게서 벗어나, 창조적인 일과 삶에 더욱 많은 시간을 투자하기를 간절히 소망한다.

복권에 당첨된 사람이
가장 자주 받았던 부탁

하루는 평생을 가난하게 살다가 갑자기 복권이 당첨되어서 부자가 된, 한 중년 여성의 인터뷰 장면을 본 적이 있다. 기자가 모두가 흥미를 가질 만한 질문을 던졌다. "요즘 주변에서 돈 빌려달라는 요청을 많이 하지 않나요?" 여기에 중년의 여성이 어떤 답을 했을 것 같은가? 한번 상상해보라. 당신이 무엇을 떠올렸든, 여성의 입에서 나온 말은 그 예측을 벗어날 것이다. 그녀는 이렇게 답했다. "아니요, 완전히 반대입니다. 오히려 주변에서 이런저런 것을 저에게 주고 싶다고 하던데요."

어떤가? 그녀의 답은 전혀 생각지도 못한 것이었다. 실제로 현재 그녀는 과거에 가난하게 살았던 시절에 정말 필요했던 수많은 가전제품과 생활용품을 주변 사람에게서 받고 있었다. 이런 상황에 의문이 생기지 않을 수 없다. '대체 왜 막대한 돈이 생긴 그녀에게 선물을 주는가?', '정작 어려웠을 때 받지 못한 것을 왜 부자가 된 후에야 받는가?' 그런데 이 같은 당혹스러운 현실은 우리의 감춰진 심리를 정확하게 보여주는 것이라고 볼 수 있다.

정말로 필요할 때는 아무도 주지 않았던 것들을, 이제는 굳이 받을 필요가 없는데 받고 있는 이유는 뭘까? 답은 간단하다. 그녀가 무언가를 기대할 수 있는 부자가 되어서다. 가난할 당시에는 그녀에게 무엇을 줘도 금전적으로 돌려받을 수 있는 게 없었다. 쉽게 말해서 돈이든, 지위든, 명예든, 기대할 수 있는 게 전혀 없었다. 하지만 이제는 상황이 넉넉해졌고, 뭔가를 기대할 수 있게 되었으니, 주변 사람들이 그렇게 그녀에게 무언가를 주려고 애를 쓰는 것이다.

이 놀라운 결과는 인간관계에서 우리가 어떤 태도를 취해야 하는지를 선명하게 보여준다. 잘된 이후에 칭찬을 하고, 좋은 마음을 주는 건, 굳이 노력이 필요하지 않은 세상에서 가장 쉬운 일이다. 그런 방식으로 인간관계를 맺으면, 좋은 결과를 내기 힘들다. 속이 뻔히 보이는 말과 행동만 하게 되기 때문이다. 상대 역시도 그런 존재를 굳이 원하지 않을 것이다.

그러나 여전히 가난한 상태에서 바닥을 전전할 때, 열심히는 하지만 운이 없어서 방황하고 있을 때, 조용히 다가가 손을 잡고 용기를 주며, 무언가를 전하는 것은 쉽게 할 수 있는 일이 아니다. 그래서 우리는 좋은 인간관계를 맺기 위해 다음 3가지 사실을 기억할 필요가 있다.

첫째, 받은 건 쉽게 잊고, 준 것은 오랫동안 기억하는 것이 인간의 본능이다. 반대로 어려울 때 나를 도와준 사람을 잊지 않을 수 있다면, 더욱 아름다운 인간관계를 맺고 유지할 수 있다.

둘째, 정말 중요한 것은 초심을 유지하며, 기억하는 일이다. 잘나갈 때 자만하지 않고, 과거의 나처럼 희망을 잃고 바닥을 전전하며 살아가는 사람들에게 손을 내밀 수 있어야 한다.

셋째, 사람은 각각 서로 다른 뇌로 생각하므로, 같은 것을 봐도 다른 생각을 하게 된다. 마찬가지로 실제로 경험하지 않고서는 무엇하나도 제대로 이해하거나, 받아들일 수 없다는 사실을 늘 기억해야 관계에서 실패하지 않을 수 있다.

부자의 삶은 실제로 부자가 된 후에나 알 수 있다. 중년의 복권 당첨자의 삶이 그랬던 것처럼, 인간은 실제로 손에 무언가를 가졌을 때, 이전과 다른 생각을 하며, 태도까지 바뀐다. 또 그를 바라보는 사람들의 태도도 변한다. 쉽게 알 수 없고, 재단할 수 없는 것이 인간관계이지만, 앞서 소개한 3가지 원칙을 내면에 담고 산다면, 중심을 잡고 관계를 견고하게 맺고 유지할 수 있다고 확신한다.

참을성이 높은 사람을
멀리해야 하는 이유

세상에서 가장 위험한 사람은 누굴까?
바로 이런 말을 습관처럼 내뱉는 사람이다.
"나는 참을성이 대단한 사람이야!"
이유는 간단하다.
그들은 참을성이 높은 사람이 아니라,
최악으로 예민한 사람들이기 때문이다.

참을성이 높다는 사실은 뭘 의미할까?
참을 게 많다는 사실을 말한다.
이건 당신의 인간관계를 바꿀
정말 놀라운 사실이다.
참을성이 높다고 주장하는 사람의 삶을
한마디로 압축하면 이렇게 표현할 수 있다.
"남들은 그냥 쉽게 지나갈 수 있는 것을
그들은 하나하나 마음속으로 불편을 느끼며,
억지로 참아야 할 것으로 인식한다."

자신을 보며 큰 소리로 인사하지 않는 사람들과
좋아하지 않는 메뉴를 식탁에 올리는 것까지
그들 눈에는 모든 게 참아야 할 분노의 대상이다.
살면서 유독 참을 게 많다는 사실은
다양한 지점에서 폭넓게(?) 분노하고 있다는 증거다.
당신도 아마 일상에서 그런 비상식적인
사람들의 존재를 자주 목격했을 것이다.

실제로 그들은 참을 수 있는 게 거의 없어서,
동네 사람들과 친척 등 모든 사람에게서
하나하나 분노할 것을 매일 찾아낸 후,
스스로 자신이 수많은 것을 지금도 참고 있는
참을성이 높은 사람이라고 자화자찬을 한다.

"난 참을성이 대단한 사람이야!"
결국 이런 말을 자주 하는 사람들은
섬세하고 이해심이 있는 게 아니라,
단순히 까칠하고 예민한 것이니 피하는 게 좋다.
그들의 참을성은 하루도 지나지 않아,
이런 방식의 비난으로 쏟아진다.

"너 내가 최대한 참으려고 했는데,
도저히 이제는 참지 못하겠다!"
"웬만하면 이런 말 하지 않으려고 했는데,
나 아니면 이렇게 참는 사람도 없어!"

반대로 살면서 참을 게 별로 없다는 것은
다양한 것을 이해하고 있다는 증거다.
섬세한 사람이며, 이해력이 풍부한 사람이다.
그러므로 참을성이 높다는 사람은 멀리에,
참을 게 별로 없는 사람을 주변에 많이 둬라.
그럼, 괴롭던 인생이 순식간에 편안해진다.
이렇게 관계 역시 본질을 바라보면 답이 보인다.
상대의 입이 아닌 일상과 태도를 보면,
진짜 그 안에 숨겨둔 것이 뭔지 알 수 있다.

좋은 인간관계는
'1+1=3'으로 만든다

처음 인간관계를 맺을 때 우리는 이런 생각으로 사람을 만난다. '어떻게 하면 관계를 넓힐 수 있을까?' 실제로 그런 생각을 통해 다양한 사람과 교류하면서 좋은 경험을 쌓기도 한다. 하지만 오랜 시간이 흐른 후에야 비로소 우리는 진정한 인간관계의 끝은 넓히는 것이 아니라, 좁히는 것이라는 귀한 사실을 깨닫게 된다.

어떻게 하면 인생을 30년은 살아야 배울 수 있는, 인간관계를 잘 좁히는 기술을 깨달을 수 있을까? 당신이 30년이라는 소중한 시간을 아끼고 싶다면, 이걸 먼저 기억하면 된다. "좋은 관계란 수학이 아니다." 하나에 하나를 더해서 둘이 되는 수준이 아니라, 셋 혹은 그 이상이 될 수 있어야 좋은 관계라고 부를 수 있다. 간단하게 압축하면 이렇다.

먼저 '1+1=1'의 사이는 만나지 않고, 피하는 게 좋은 관계다. 하나에 하나를 더해서 최소한의 숫자인 2도 나오지 않는 마이너스 관계라면, 굳이 만날 이유가 없다. 서로를 도와주는 관계가 아니라,

빼앗고 시기하는 관계일 가능성이 높으니 빠르게 벗어나자. 혹은 상대가 도둑놈 심보로 당신을 괴롭히며, 이용할 수도 있으니 조심해라. 이런 사람은 쉽게 변하지 않는다.

다음은 '1+1=2'처럼 정확하게 수학과 일치하는 관계는 비즈니스를 나누는 사이라고 보면 맞다. 말로는 정을 논할 수 있지만, 계산이 그 중심에 있어서, 서로 손해 보지 않고, 주고받는 관계다. 나쁜 관계는 아니지만, 더 좋은 것을 기대하기는 힘든 관계라서 마음을 나누기는 어렵다. 비즈니스 그 이상을 기대하면, 나중에 실망하게 되니 주의할 필요가 있다.

마지막은 '1+1=3 혹은 그 이상'의 짐작할 수 없는 근사한 결과를 기대할 수 있게 해주는 관계다. 여기에서 말하는 그 이상의 결과는 성과나 돈만이 아니라, 정신적인 부분도 포함된다. 다시 말해, 마음의 안정과 기쁨, 행복과 꿈을 품을 수 있게 해주는 좋은 관계는 하나에 하나를 더하지만, 셋 이상의 가치를 보여준다.

핵심은 세 번째에 초점을 맞춰 인간관계를 넓히려고만 하던 생각의 틀을, 반대로 좁히려고 시도하는 삶을 사는 것이다. 그러면 관계에서 더 큰 행복을 즐기게 되며, 삶이 농밀해진다. 왜냐하면 넓히는 건 누구나 약간의 시간과 노력만 투자하면 가능하지만, 좁히는 건 '잘'해야 하므로, 분명한 자기만의 원칙이 있어야 가능한 조절의 예술이니 말이다.

관계 역시 본질을 바라보면 답이 보인다.
상대의 입이 아닌 일상과 태도를 보면,
진짜 그 안에 숨겨둔 것이 뭔지 알 수 있다.

사람을 분별하는 힘을
기르는 생각법

"내가 정말 믿었는데 실망이야!"
"네가 어떻게 내게 이럴 수 있어!"
살면서 이런 식의 실망과 고통을
당신이 자주 겪고 있다면,
사람을 분별하는 힘을 기를 필요가 있다.

같은 상황에서도 누군가의 말과 행동을 보며,
그를 대하는 태도에 따라서 말은 달라진다.
"오죽하면 저 사람이 그랬겠어."
"사람이 가끔 실수할 때도 있지."
이렇게 말하는 사람들은 그를 지지하며,
편을 들고 싶은 마음이 있는 옹호자들이다.
그들은 상대가 어떤 짓을 해도,
무작정 그를 감싸며 보호한다.

하지만 같은 상황에서도 이렇게 말하는 사람들은

그를 비난하며, 마음에 들어 하지 않는 자들이다.
"그 자리에 있으면 그렇게 하면 안 되지!"
"실수도 실력이야. 여러 면에서 부족하네!"
마찬가지로 이들은 상대가 어떤 선행을 해도,
무작정 트집을 잡고 비난한다.

우리는 같은 상황에서도 이렇게 다르게 생각하는
수많은 사람의 말과 생각을 통해서,
그가 어떤 태도로 세상을 바라보며,
어떤 기준으로 살고 있는지 알 수 있게 된다.
중요한 것은 지금 내뱉는 그의 말이 아니라,
그의 말이 향하는 방향을 알아차리는 것이다.

사람에게 더 이상 속고 싶지 않다면,
분명히 그들을 분별하는 힘을 길러야 한다.
이런 생각을 중심에 담고 있으면, 실수가 없다.

"그 사람의 현재 생각과 말이
세상을 바라보는 태도를 증명한다."

반드시 붙잡아야 할 사람이
자주 사용하는 3마디

잘나가는 사람에게는 여기저기에서 오는 연락이 참 많다. 동네 친구부터 기억에서 멀어진 군대 동기까지. 참 다양한 곳에서 뜻하지 않은 연락이 온다.

누구든 마찬가지다. 바닥에서 혼자 웅크리고 있을 때는 아무도 손을 내밀어 반겨주지 않지만, 수많은 사람의 스포트라이트가 쏟아질 때는 이런저런 러브콜을 받게 된다. 그럴 때 인연을 맺으면, 이상하게 오랫동안 유지가 되지 않는다. 이유는 간단하다. 잘 나가는 시기가 지나면, 그들 대부분은 바람처럼 나를 스쳐 보내기 때문이다. 세상이 아무리 변해도 진리로 남는 글이 하나 있다.

"바람처럼 내게 온 사람은,
결국 바람처럼 나를 떠난다."

우리가 정말 소중하게 생각하며 기억해야 할 사람들은 내가 저 바닥에 웅크리며 벌벌 떨고 있을 때, 중간중간 내게 소식을 묻고 다가온 사람들이다.

"잘 지내지?

소식 궁금해서 연락했어.

늘 네가 잘 되기를 바라고 있어."

그러므로 이렇게 세상에서 가장 소중하고, 또 따뜻한 이 3마디의 말을 해주는 사람을 꼭 붙잡아야 한다. 그들은 당신이 바닥에 웅크리고 있을 때나, 무대 중앙에서 수많은 사람의 스포트라이트를 받을 때나, 한결같이 당신을 사랑하는 사람이니까.

늘 같은 마음으로 나를 바라봐주는 사람이 있다는 것, 세상에 그것보다 행복한 일은 없다. 절대 그들을 놓치지 마라. 그건 당신의 생명을 버리는 일이다.

진짜 좋은 사람
만나는 법

"우리 함께 믿고 끝까지 가는 거야!"
이렇게 말하며 다가오는 사람이 있다면,
처음부터 그를 믿지 않는 게 좋다.
사람은 보통 자신이 갖고 있지 않은 가치를
바깥으로 내세우며 다가오기 때문이다.
이는 사람에 대한 이해도를 조금만 높이면,
저절로 알게 되는 부분이다.

"정의로운 세상을 만듭니다."라고
외치는 사람의 인생에는 정의가 없고,
"공평한 세상을 추구합니다."라고
외치는 사람의 인생에는 불공평만 가득하다.
그들은 단지 자신에게는 없는
그것을 활용해서 무언가를 가지려고 할 뿐이다.

정의로운 사람을 만나려면,

정의를 외치지 않는 사람을 만나라.

그는 정의를 이미 가지고 있어서

그것을 외치지 않을 가능성이 높다.

진짜 부자는 자신을 부자라고 말하지 않는다.

그저 그 삶을 살아갈 뿐이다.

그게 있는데 굳이 왜 말하는 데

귀중한 에너지를 사용하겠는가?

당신이 상대에게 원하는 게 무엇이든

그의 입이 아닌 삶을 보라.

그가 열을 내며 말하고 있는 것은

지금 없는 것이고,

자연스럽게 하고 있는 것이

곧 그가 가진 현재의 모습이다.

무례한 사람에게
현명하게 대처하는 법

상대에게 무례한 말을 들었을 때,
좋게 좋게 넘어가는 모습을 보며,
우리는 가끔 이렇게 말한다.
"사회성이 좋네."
"넉살이 참 좋네."

그런데 그게 왜 사회성이나,
넉살과 관련이 있다고 말하는 걸까?
그런 순간이 오면 바로 자신에게
이런 질문을 던질 필요가 있다.
"오랫동안 화를 참고 견디는 게,
우리가 생각하는 사회성인가?"

그렇게 참고 견디면 그 화는
대체 어디로 가는 걸까?
맞다. 그 화는 절대로

다른 곳으로 가지 않는다.

모두 내 안에 고스란히 쌓인다.

나중에는 그것들이 독과 칼이 되어,

멀쩡한 자존감도 무참하게 무너지고,

내면은 난도질을 당해 너덜너덜해진다.

좋은 사람처럼 보이기 위해,

혹은 사회성이 높은 척을 하려고,

자신에게 매일 독을 주입했던 것이다.

물론 어느 정도 참아야 할 때도 있다.

하지만 누가 봐도 무례한 상황이라면,

굳이 참고 견딜 필요가 없다.

무례한 사람은 아무리 당장 맞춰줘도

곧 탈이 나기 때문이다.

사람은 쉽게 변하지 않는다.

무례한 사람은 더욱 그렇다.

도저히 참기 힘들 정도로

무례한 사람을 만나면,

억지로 참거나 견디지 말고,

바로 이렇게 정중하게 응수하면 된다.
"지금 그 말은 무례하게 느껴지네요.
스스로 듣기에도 좋은 말을
상대에게 하는 게 어떨까요?
그럼 당신의 기분도 좀 더 좋아질 겁니다."

상대에게 정중한 말의 가치를 알려 줘라.
그럼 그도 자신의 무례함을 반성하며,
다시는 당신에게 무례하게 굴지 않을 것이다.
이런 반응에도 여전히 무례하게 굴면서
짜증 나게 하는 사람이 있을 수도 있다.
그럴 때는 이렇게 생각하며 그를 스치면 된다.
'그래, 수준 높은 언어를
모두가 알아듣고 이해하긴 힘들지.
너와 같은 수준의 사람과 만나라.'

무례한 사람을 만나서 가장 최악인 것은
상황 그 자체에서 오는 게 아니라,
내 기분이 나빠진다는 사실에 있다.
그러니 꼭 기억해야 한다.

내 기분은 내가 지켜야 한다.
누가 지켜주지 않기 때문이다.
괜히 좋은 게 좋은 거라고,
참고 견디지 마라.
"기분이 나빠지면,
모든 것을 잃는 것이다."

당신이 상대에게 원하는 게 무엇이든
그의 입이 아닌 삶을 보라.

다이어트에 실패하는 사람이
인간관계에서도 실패하는 이유

사람들이 평생 다이어트를 하는 것은, 모든 시도가 결국 실패로 돌아갔기 때문이다. 운동도 열심히 하고, 때로는 식단도 최대한 조절하지만, 그 모든 노력과 시도가 결국 실패로 돌아가는 이유는 바로 다음 6줄에 모두 녹아 있다.

"자신이 실제로 운동한 것보다

두 배 더 많은 칼로리를 소모했다고 착각하고,

반대로 자신이 실제로 먹은 것보다

절반 수준만 섭취했다고 착각하기 때문이다.

결국 현실과 상상의 격차가 4배로 벌어지니,

다이어트를 하면 할수록 살은 더 찐다."

관계도 이와 다르지 않다. 사람과의 관계도 다이어트를 진행하는 과정과 매우 유사하다. 우리가 각종 관계에서 실망하면서, 온갖 오해를 하고, 분노하는 이유 역시 6줄로 압축할 수 있다.

"자신이 실제로 상대에게 전한 마음보다

두 배 더 많은 마음을 줬다고 생각하고,

반대로 자신이 실제로 상대에게 받은 마음보다

절반 수준만 받았다고 생각하기 때문이다.

마찬가지로 현실과 상상의 격차가 4배로 벌어지니,

인간관계에 열을 올릴수록 관계는 더 악화된다."

다이어트와 인간관계에서 성공하려면 어떻게 해야 할까? 역시 방법은 간단하다. 지금까지 했던 것과 반대로 생각하고, 행동하면 된다. 다이어트로 비유하자면 이렇게 말할 수 있다.

"자신이 소모했다고 생각되는 것보다

실제로는 덜 소모했다고 생각하고,

자신이 흡수했다고 생각하는 것보다

실제로는 더 흡수했다고 생각하면,

그 힘든 다이어트도 쉽게 해낼 수 있고,

얽힌 인간관계도 순식간에 풀어낼 수 있다."

5장

당신의 현실을 결정하는
세상을 바라보는 안목

나는 선명하게 보기 위해
눈을 감는다

제목에 대해서 어떻게 생각하는가? 더 선명하게 보기 위해서 오히려 눈을 감는다는 것이 과연 어떤 의미가 있을까? 여기에는 쉽게 짐작할 수 없는 매우 특별한 의미가 담겨있다. 다름 아니라 '안목'에 대한 본질적인 이야기를 하고 있어서다.

혹, 사람에게 실망한 적이 있는가? 아마 많은 사람이 그렇다고 답할 것이다. 그럼, 그 이유는 무엇일까? 바로 수준 이상의 기대를 했기 때문이다. 사람에 대한 기대가 없으면, 실망이나 상처도 없다. 모든 사람에게 기대를 안 하고 살 수는 없겠지만, 지금은 기대를 할 만한 사람과 그렇지 않은 사람을 구별해 내는 안목이 필요한 시대다. 또 그것만으로도 우리는 매우 많은 시간과 노력을 아낄 수 있다.

"아는 만큼 보인다."

이건 어디에서든 적용되는 매우 기본적인 진리다. 음악가 조성진은 "클래식의 대중화를 원하는가?"라는 질문에 매우 진지하게 그렇지 않다는 답변을 내놨다. 이유는 간단하다. 대중화된 클래식은 더 이상 클래식이 아니기 때문이다. 정말 맞는 말이다. 클래식을 대중에게 맞추기 위해서 대중화를 하면, 그건 더는 클래식이라고 부르기 힘든 전혀 다른 것이 될 것이다.

클래식의 대중화가 힘든 이유와 고전의 대중화가 힘든 이유는 같다. 마찬가지로 클래식과 고전이 지루하고, 재미가 없는 이유도 같다. 모르기 때문에 아무것도 발견하지 못하고, 발견하지 못하기 때문에 지루한 감정만 느끼게 된다. 그렇다면 우리는 이 말을 다시 분석해야 한다. 아니, 오래오래 내면에 담고 음미하기를 권한다. 정말 소중한 말이므로.

"아는 만큼 보이지만, 보는 만큼 알게 된다."

현재 당신은 아는 게 별로 없어서, 눈에 보이는 게 없는 수준에 도달해 있다. 하지만 희망은 분명히 있다. 그 희망은 "보는 만큼 알게된다."는 말에서 찾을 수 있다. 아는 만큼 보인다는 말은 대가의 말이고, 보는 만큼 알게 된다는 말은 초보자의 말이다. 그러므로 이를 구분하고, 배우려는 자세를 반드시 가져야 한다. 처음부터 아는 게 없어서 보이는 게 없다는 대가의 말만 외치면, 당신은 영원히 시작조차 할 수 없게 될 테니까.

　초보자라면 보는 만큼 알게 된다는 말의 힘을 믿어야 한다. 당장 아무것도 보이지 않을 정도로 아는 게 없다면, 남들보다 더 자주, 더 오랫동안 보고 또 봐라. 계속 바라보면 결국 무언가 보이고, 그렇게 본 것은 당신의 인생을 아름답게 바꿔줄 것이다. 당신의 현재는 지금까지 당신이 본 것들의 합으로 이루어져 있으니까.

1분 늦는 것보다
1시간 빠르게 도착하는 게 낫다

당신이 만약 비즈니스를 위한 미팅이나 지인과의 약속에서 1분 늦는 것과 1시간 빠르게 도착하는 것 중에서 하나만 골라야 한다면, 무엇을 선택하겠는가? 매우 애매한 질문일 수도 있다. 1분 늦는 게 싫을 수도 있지만, 그렇다고 1시간이나 먼저 도착하는 건 더욱 큰 시간 낭비라고 생각할 수 있기 때문이다.

그럼, 바쁘게 살아가며, 시간을 소중하게 여기는 사람들은 무엇을 선택할까? 시간을 가장 생산적으로 활용하는 사람들은 예상과 다르게 대부분 1시간 빠르게 도착하는 것을 선택한다. 시간을 누구보다 소중하게 생각하는 그들이 1분 늦는 것이 아닌, 무려 1시간의 소비를 선택한 이유는 뭘까?

타인의 1분을 아끼는 마음이 있어서, 약속한 장소에 1분 늦는 것보다는, 오히려 자신의 1시간을 소비하는 것이 낫다는 선택을 하는 것이다. 여기에는 수많은 비밀이 숨겨져 있다. 그걸 3가지로 압축해 설명하면 이렇다.

첫째, 1시간 빠르게 도착하는 것을 선택하는 사람은 오히려 그럴 상황을 거의 맞이하지 않는다. 그 정도로 시간을 소중하게 생각해서, 거의 늦지 않으니 말이다. 자신의 1분이 소중하니 1분 늦는 것이 아닌, 1시간 빠르게 도착하는 것을 선택한 것이다.

둘째, 반대로 1분 지각을 선택하는 사람들은 시간을 아끼는 것처럼 보이지만, 실상은 전혀 그렇지 않다. 그들은 오히려 시간에 대한 가치를 모르기 때문에, 매번 1분 혹은 5분 늦게 도착한다. 주변에서 흔히 볼 수 있는 사람들이다.

셋째, 더욱 중요한 건 이런 사실이다. 1분 늦은 그들은 자신이 늦었음에도 왜 상대방에게 미안하다고 말해야 하는지 모른다. '그럴 수도 있지!'라는 생각을 하며, 오히려 1분으로 기분 나쁜 말을 하는 상대의 행동과 생각 자체를 비난한다.

시간은 언제나 상대적이다. 하지만 본질은 같다. 모두에게 소중하며, 자신의 시간을 아끼는 사람이 타인의 시간도 소중하게 여긴다는 것. 쉽게 말해서 당신의 삶을 타인이 봤을 때 '저 정도의 삶이라면 내가 돈을 주고 사고 싶다.'라는 생각이 들 정도로 농밀해지는 것이 우선이다.

 당신이 생각하는 돈의 가치보다 귀한 마음으로 하루를 살면, 서서히 깨닫게 될 것이다. 내 삶에 지금 무엇이 필요하며, 무엇을 추구하며 살아야 하는지를 말이다. 모쪼록 돈을 주고, 시간을 사겠다는 생각을 버리고, 아무리 많은 돈을 줘도 바꿀 수 없는 오늘을 살아라. 그래서 우리는 언제나 기억해야 한다. "1분 늦는 것보다, 1시간 빠르게 도착하는 게 낫다."

오후 1시에 점심을 즐기면
일어나는 변화

변화와 창조는 오전 11시나 혹은 오후 1시에 점심을 즐길 때 시작된다. 설명을 덧붙이자면, 모두가 점심을 먹는 12시에 식사를 하면, 인파가 가장 몰리는 시간에 먹을 수밖에 없어서 자유와 여유를 느끼기 매우 힘들다. 이때는 먹는 행위가 매우 기계적으로 이루어질 가능성이 높으니, 거기에서 변화와 창조를 기대하기 어렵다.

하지만 용기를 내서 시간을 11시나 1시로 변경하면, 모든 변화와 창조를 시작할 수 있다. 내가 이걸 '용기'라고 표현한 이유는, 정말로 용기가 필요한 일이어서다. 언제 어디서든 다른 선택을 한 사람들은 이런 식의 비판과 비난을 받으니 말이다. "뭐야, 왜 유난을 떠는 거야?", "다들 먹을 때 먹지, 왜 그래?", "네가 그래서 문제야. 왜 유별나게 행동하는 거야?"

이러한 이유로 변화와 창조는 용기를 낸 자가 외로움을 견디는 과정에서 이루어진다. 모두가 떠난 자리에서 홀로 시간을 보내야 하니까. 그렇기 때문에 외로움을 견디지 못하고, 그들을 따라 12시에 다시 점심을 먹기 시작하면, 자신의 시간을 즐길 수 없다. 반면, 당분간 외로움을 견디면, 이런 놀라운 일이 곧 벌어질 것이다. 오전 11시나 오후 1시의 자유를 즐기는 또 다른 사람의 방문이 그것이다.

지금 외롭다는 것은 곧 당신의 수준에 맞는 사람이 곧 다가온다는 기분 좋은 신호다. 즉, 더 높은 수준을 선택하면, 외로움이라는 손님을 만나지만, 그 과정을 견디면, 그 수준에 맞는 사람이 선물처럼 당신을 찾아온다는 뜻이다.

"우리 회사는 그런 선택을 할 수 없어요."라고 응수하는 사람도 있을 것이다. 그러하기에 나는 더욱더 용기라고 말한 것이며, 추가로 '기회'까지 언급하고 싶다. 일단 용기를 내면, 자신에게 그런 미래를 제공할 수 있는 다양한 방법을 찾을 수 있고, 그런 과정을 통해 실제로 점심 식사를 당신이 원할 때 즐길 수 있는 직장이나, 다른 일을 하면서 살 기회를 스스로에게 줄 수 있으므로.

이렇듯 변화와 창조는 용기만 내면 잡을 수 있는, 당신을 위해 준비된 기회다. 창조의 신은 오늘도 당신에게 속삭인다. "기회는 내가 줄 테니, 너는 그저 용기만 내라."

남들보다 더 자주, 더 오랫동안 보고 또 봐라.
계속 바라보면 결국 무언가 보이고,
그렇게 본 것은 당신의 인생을 아름답게 바꿔줄 것이다.

박재범이 고가의 자동차를
사지 않는 이유

가수 박재범에게는 세상을 대하는 매우 특별한 태도가 하나 있다. 인기가 많거나, 풍족한 환경을 누리는 보통의 청년들이 쉽게 돈을 쓰거나, 현실에 만족해서 안주하기도 하지만, 그의 입장은 다음과 같이 전혀 색다른 것이라 놀랍다.

"작은 성공에 정착해서, 갑자기 그간 하지 못한 고가의 상품을 구매하며, 플렉스를 하는 청년이 많다. 하지만 잘되는 시기와 탄력은 결코 영원하지 않다는 사실을 기억해야 한다."

덧붙여 그는 미치도록 분투해서 무언가를 이뤄내야 할 소중한 시기에, 매일 밖에 나가서 술만 마시거나, 찰나의 기쁨을 위해 돈만 쓰는 삶에서 반드시 벗어나야 한다며, 이렇게 강조한다. "차는 언제나 살 수 있잖아요. 나가서 술 마시는 것도 언제든 할 수 있잖아요. 하지만 현재 사람들이 내게 주는 관심과 분위기, 세상이 허락한 운이 좋은 시기는 '바로 지금!'을 외치고 있죠." 이는 언제 나를 찾아올지 모를 이 시간을 최선을 다해서 붙잡고, 모든 재능과 노력을 이 흐

름에 바쳐야 한다는 의미가 담긴 뜨거운 조언이다.

　실제로 그는 이와 같은 자신의 말을 삶에서 증명했다. 2019년, 직접 소주 회사를 창립해 운영할 것이라는 계획을 세상에 밝혔는데, 그의 이야기를 진지하게 듣는 사람은 많지 않았다. 그저 "그게 쉽나? 쉽다면 누군가 했겠지."라는 부정의 목소리만 높았을 뿐이다. 하지만 그는 본인이 발휘할 수 있는 열정을 모조리 쏟아부어, 마침내 2022년 2월 25일 팝업스토어를 통해 공식적으로 '원소주'를 출시했다. 그리고 거기에서 그치지 않고, 'GS25'와 'GS THE FRESH'를 통해 판매를 했는데, 나오자마자 품절이 되는가하면, 찾아다니는 사람까지 생기기도 했다. 이로써 당시 아이들에게 한창 인기몰이를 한 포켓몬빵만큼 큰 인기를 끌어서 "원소주는 어른들의 포켓몬빵"이라는 말까지 나오기도 했다.

　2023년, 지금 이 순간 원소주의 현주소는 어떨까? 박재범이라는 브랜드의 후광으로 반짝 흥행 정도로만 기록할 것이란 초반 전망을 깨고, 국내 주류 업계 패러다임을 바꾼 '게임체인저'로 주목을 받고 있다. 아주 중요한 포인트다. 다름 아니라, 술을 단순히 마시고, 즐기는 도구가 아닌, 함께 공유하는 문화로 만들었다는 지점에서 강력한 메시지를 품고 있어서다. 다시 말해, 술을 소비만 하는 삶에서 술을 창조하는 삶으로, 자신의 운명을 스스로 바꿨다고 볼 수 있다. 이를 가능하게 한 그는 원스피리츠 주식회사 농업회사법인의 대표이사 자리에서 더 높은 곳을 바라보고 있다.

물론 젊은 나날을 즐기는 것도 중요하다. 하지만 때를 알고, 그 시절에 무언가를 위해 온 힘을 다해 싸워보는 것 역시 중요하다. 그래서 고(故) 이어령 선생은 세상을 떠나는 마지막 순간까지 청년들에게 이렇게 말했다. "젊은이는 늙고, 늙으면 죽는다."

대가의 말을
이해하기 힘든 이유

"맛없는 와인을 먹기에 인생은 너무나 짧다."

괴테의 말이다. 이 말은 와인을 즐기기 전부터 알고 있었지만, 진실로 공감하기까지 꽤 오랜 기간이 필요했다. 머리로는 이해하지만, 삶에서 실천하지 못했기 때문이다. 결국 실천하지 못하면 모른다는 것과 마찬가지이니, 그간 나는 저 말을 몰랐으며, 알아가는 중이었던 셈이다. 한마디 말을 아는 데 왜 그 오랜 기간이 필요했던 걸까? 이유는 다음 3가지에 있다.

첫째, 와인을 즐길 물질적인 여유가 필요하다. 당장 먹을 게 급한 사람에게 수준 높은 와인은 너무나 멀리 떨어진 허상과도 같은 존재다.

둘째, 섬세하고 미묘한 차이를 느낄 수 있는 감각과 그 가치를 아는 안목이 필요하다. 이것은 그저 돈만 많으면 되는 게 아니다. 지성과 센스가 모두 발달해야 가능한 수준이므로.

셋째, 여유가 있지만, 그 여유를 자랑하지 않고, 침묵할 내적 수준이 필요하다. 내적 수준이 여기에 도달하지 못한다면, 무엇이 가치가 있는 것인지도 측정할 수 없다.

대가의 말이 머리로는 알지만, 실천이 되지 않는 이유가 바로 여기에 있다. 삶과 정신이 그 위치에 도달하지 못한 상태에서는 그들의 말을 내 안에 담기 힘들다. 그러한 이유로 단순히 말만 읽고, 암기하는 게 아니라, 그들의 삶을 바라보며, 그 수준이 되려는 노력을 시작해야 한다.

○ ○ ○

삶이 선을 맞추면,
말은 저절로 따라온다.

마흔 이후 운이 좋아지는
사람들의 공통점

살다 보면 '이 사람은 왜 이렇게 운이 좋지?'라는 생각이 들게 만드는 사람이 있다. 마흔 이후에는 더욱 그런 경험을 자주 하게 되는데, 그들에게는 몇 가지 공통점이 있으며, 그걸 얻기 위해서 다음 5가지 질문을 일상에서 반복하며 살고 있다. 간단하게 설명하면 이렇다.

첫 번째 질문은 "왜 이것을 선택했는가?"이다. 무엇을 선택할 때, 수익률이나 성장 가치를 짐작하기보다는, "이것을 선택하는 이유가 무엇인가?"에 대한 분명한 답변을 가슴에 품고 시작한다. 선택한 이유를 설명할 수 있다면, 결과는 자연스럽게 따라오는 것이라는 사실을 알고 있어서다.

두 번째 질문은 "고통은 왜 나를 찾아오는가?"이다. 장기적으로 좋은 결과를 내기 위해서는, 단기적으로 최악의 자신을 마주해야함을 잘 알고 있다. 그래서 그들은 때때로 찾아오는 인생의 고통스러운 순간을 웃으며 지나간다. 간혹 찾아오는 고통은, 곧 좋은 결과가 찾아올 거라는 신호라는 사실을 알고 있는 것이다.

세 번째 질문은 "언제 뛰어들 것인가?"이다. 도전을 좋아하는 그들이지만, 성급하게 뛰어들지 않는다. 그들의 삶이 운이 좋게 느껴지는 이유는, 뭐든 성공 가능성을 가장 높인 이후에 시작하는 덕분이다. 무언가에 관심을 가지면, 그들은 일단 오랫동안 관찰한다. 관찰이 투자의 시작이라는 사실을 누구보다 잘 아는 그들에게 그 시간은 매우 소중하다.

네 번째 질문은 "언제까지 기다릴 수 있는가?"이다. 인생에 존재하는 모든 소중한 가치는 조급한 자의 주머니에서 나온다. 사랑과 희망 그리고 돈과 지성까지 그것을 빠르게 갖고 싶은 마음에 성급하게 굴면, 결국 모든 것을 잃기 마련이다. 그래서 운이 좋은 것처럼 느껴지는 사람들은 언제나 기다릴 줄 안다. 조금만 기다리면, 갈급하게 그것을 추구하던 자들의 주머니 속에 있는 것들이 자신에게로 와서 쌓일 것을 믿으니까.

다섯 번째 질문은 "내면의 소리에 귀를 기울이는가?"이다. 물론 주변의 좋은 조언도 있다. 하지만 대부분의 조언은 우리에게 긍정적인 역할을 할 수 없다. 이유는 간단하다. 나보다 나를 더 잘 아는 사람은 없기 때문이다. 내게 가장 필요한 조언은 이미 나 자신이 가장 잘 알고 있다. 필요한 건 그저 내면이 이끄는 소리에 귀를 기울이는 것이다. 더 자주 자신의 소리를 경청하는 사람에게 더 많은 운이 주어진다.

누군가는 운을 기적처럼 찾아오는 것이라고 생각하지만, 마흔 이후 좋은 운을 이끄는 사람들은 조금 다르게 해석한다. 그것은 바로 '내가 스스로 원해서 얻게 되는 힘'이다. 그러므로 위에 나열한 5가지 질문을 일상에서 잊지 않고 반복해라. 그럼 당신이 지금 어디에서 무엇을 하든, 운이 좋은 삶을 만들 수 있을 것이다. 운은 더 자주 부르는 자의 것이니까.

때를 알고, 그 시절에 무언가를 위해
온 힘을 다해 싸워보는 것 역시 중요하다.

무명 유재석을 국민 MC로 만든
3단계 대화 연습법

비연예인들이 자기 삶에 대한 이야기를 나누는 한 프로그램에 나온 출연자가 본인의 할머니를 추억하며 이렇게 말했다. "저희 할머니께서 그 시절에 화투를 정말 좋아하셔서, 화투를 치려고 만주 벌판을 건너가셨습니다." '만주 벌판'이라는 공간이 흥미롭긴 했지만, 여기까지 말했을 때, 분위기는 별로 달라진 게 없었다. 그러나 당시 진행자로 그의 말에 경청하던 유재석은 그때 이렇게 외쳤다. "잠시만요!" 그리고 이어서 출연자의 말을 그대로 반복해서 들려주었다. "아니, 화투를 치려고 만주 벌판을 지나가셨다고요?" 그러자 장내에 웃음이 터지기 시작했다.

같은 말이지만, 유재석은 다시 한번 반복해서 들려주며, 화투를 치기 위해 만주 벌판을 건너가는 할머니를 시청자들이 상상할 수 있게 만든 것이다. 또 그는 연이어 이렇게 말하며, 상상을 더욱 자극했다. "역사상 만주 벌판에서 수많은 일이 있었지만, 전투가 아닌 화투를 치러 가는 건 처음인데요. 뭔가 굉장히 광활한 느낌이네요!"

말은 단순히 글자만 전하는 것이 아니다. 이렇게 유재석처럼 듣는 사람이 생생하게 머릿속에서 그릴 수 있게 해준다면, 마치 영화를 보여주는 것처럼 다양한 지점을 전할 수 있다. 물론 이런 그의 능력은 타고난 것이 아니다. 많은 사람이 알고 있듯 그는 오랜 무명 시절을 보냈는데, 동기들이 방송에서 빛나는 활약을 펼치는 모습을 보면서 그저 시간만 보내고 있을 수는 없다고 생각해서 말하기 연습을 했다. 그가 선택한 방법은 그 시기에 유행하던 수많은 버라이어티 방송을 모두 녹화해서 시청하는 것이었다. 여기까지는 이렇다 할 특별할 게 없다. 핵심은 바로 여기에 있다.

첫째, 녹화한 방송을 재생한다. 둘째, 리액션이 나오는 장면마다 멈춤 버튼을 누른다. 셋째, 자신에게 질문을 던진다. "나라면 어떻게 리액션을 할까?", "어떻게 말하면 웃음을 자아낼 수 있을까?", "듣는 사람이 그림을 그릴 수 있게 하려면, 어떤 표현을 사용해야 할까?"

일이 없어서 혼자서 시간을 보내야만 한 그는 방에 혼자 앉아서 온종일 이런 연습을 했다. 지금의 유재석은 그때 스스로 했던 노력이 하나하나 모여 이뤄진 결정체라고 볼 수 있다. 당신이 만약 사람들과의 관계에서 소통이 제대로 되지 않는다면, 대중에게 말로 자신을 드러내고 싶다면, 멈추고, 생각하고, 다시 멈추며, 더 좋은 생각을 창조하는 유재석처럼 3단계 언어 연습법을 실천해보길 바란다.

독서로 인생을 바꾸는
가장 확실한 5가지 방법

　'독서'와 '인생' 그리고 '확실한 방법'이라는 표현을 한 문장에 나란히 쓰는 걸 좋아하지 않았다. 독서는 그저 마음의 양식이라고 생각했던 작년까지는. 하지만 30년 넘게 치열한 독서를 반복해보니, 이제야 독서는 생존을 위한 최고의 지적 무기라는 사실을 알겠다.

　읽지 않으면 사라진다. 그러나 모두가 읽는다고, 정말 그들이 책을 읽는 건 아니다. 읽어도 삶에 변화가 없다면, 그건 엄밀히 말해서 그냥 시간을 버린 것과 같다. 독서는 반드시 확실한 변화를 끌어내야 하고, 그것은 자신이 원하는 것이어야만 한다. 이에 당신이 꼭 그렇게 되길 바라는 마음으로, 독서로 인생을 바꾸는 확실한 5가지 방법을 공유해본다.

　첫째, 한 달에 한 권으로 시작하자. 다독도 좋다. 그러나 지금까지 다독이 당신의 삶에 어떤 영향도 주지 못했다면, 이제는 바꿀 필요가 있다. 나는 1년에 1권만 읽는다. 그러나 서로 다른 분야의 책을 3권 이상 쓴다. 읽는 것 이상을 생산하는 셈이다. 독서는 1+1=2라는 수학적 사고에서 벗어나, 당신이라는 내면을 만나 3이 되고 100이 되어야 한다.

둘째, 최소한 10번 이상 반복해서 읽자. 책은 한번에 쓰인 글이 아니다. 수십 번의 사색으로 나온 결과이니, 읽는 당신도 수십 번 이상 읽어야 한다. 물론 그냥 읽는 게 아니다. 매번 풀고 싶은 다른 질문을 품고 읽어야 한다. 책은 당신이 어떤 분야에 대한 질문을 품고 있든 상관없이 최선의 답을 준다.

셋째, 매일 30분 읽으며, 최소한 3번 멈추자. 긴 시간 읽을 필요는 없다. 독서는 노동이 아니라, 최고의 지적인 휴식이다. 하루에 30분이면 충분하다. 다만 명심할 게 있다. 30분 동안 그저 읽기만 하지 말고, 중간에 멈춰서 경탄할 부분을 만나야 한다는 점이다. 그럼, 시선을 멈추게 할 경탄은 어떻게 할 수 있을까? 간단하다. '소중한 사람에게 도움을 주려는 마음'으로 읽으면, 저절로 읽다가 중간중간 멈추게 된다.

넷째, 멈춰서 3단계 질문을 하자. 괜히 멈추는 게 아니다. 읽다가 멈춘다는 것은 매우 경이로운 일이다. 그리고 다음과 같은 물음을 통해, 비로소 '나의 것'이라고 부를 문장을 창조할 수 있다. "무엇이

나를 멈추게 했나?", "멈춰서 어떤 생각을 했나?", "그걸 내 삶에 어떻게 적용할 것인가?"

다섯째, 질문에서 나온 답을 글로 쓰자. 독서의 끝은 글쓰기다. 이제 쓰지 않으면, 어디에서도 당신은 쓰일 수 없다. 아무리 많이 경험하고, 배워도, 그게 무엇인지 글로 써서 알려주지 않으면, 가치를 보여줄 수 없기 때문이다. 그러니 4단계에서 나온 답을 글로 써서, 매일 기록으로 남겨라.

이렇게 5단계 방법을 통해 당신은 이전과는 전혀 다른 독서를 경험하게 된다. 한마디로 '다른 차원의 존재'가 된다.

네 이웃의 지식을 다양하게 적극적으로 탐하라

자기 안에서 재능과 창의성을 이끌어내는 사람은 한동안 잘 나가는 인생을 살 수 있다. 여기까지는 개인적인 노력의 영역이다. 하지만 그 질주는 곧 멈추게 된다. 누구든 마찬가지다. 혼자만의 능력으로는 평생 창조적인 인생을 살기 힘들기 때문이다. 그래서 '타인의 힘'까지 빌릴 수 있어야 한다. 그러기 위해서는 일상을 대하는 다음 3가지 태도를 자신의 것으로 만드는 과정이 필요하다.

우선, 순간의 가치를 인식하고 사랑해야 한다. 인생은 결국 순간순간이 쌓인 결과로 이루어지는 작품이다. 자기 삶의 대가들은 이러한 사실을 알고 있어서, 결과보다 순간이 더 소중하고, 아름답다고 여긴다. 그러므로 우리는 모든 순간을 하나의 완성된 결과라고 생각하며, 임해야 한다. 즉, 내가 하고 싶은 것을 이루기 위해서 공부하고, 일하며, 노력하는 순간이야말로 무엇과도 비교할 수 없을 정도로 아름답다는 사실을 기억하며, 늘 순간과 함께 지내야 한다.

다음으로, 질주하듯 전력을 다해 생각해야 한다. 몸으로 뛰라는 말이 아니다. 육체는 아무리 단련해도, 결국 한계에 봉착하게 된다. 하지만 생각은 그렇지 않다. 몸은 늙기 때문에 경력이 되지 않지만, 생각은 깊어질 수 있으니, 쌓이면 경력이 된다. 이를테면 단련하면 할수록 가속도가 붙고, 이전보다 수월하게 뭐든 해결할 수 있게 된다. 세상에 게을리 걸어도 도착할 수 있는 만만한 목적지는 없다. 그러니 하루하루 전력을 다해 생각해야, 비로소 최후의 목표에 도달하도록 돕는 다양한 영감과 아이디어를 찾아낼 수 있다는 태도로 살아야 한다.

마지막으로, 자신에게 주어진 의무에 최선을 다해야 한다. 언제나 자신에게 집중해야, 자신의 눈으로 세상을 바라보며, 다양한 것을 나만의 관점으로 흡수할 수 있다. 완벽을 소망하는 마음을 가슴에 품고 자신을 바라보면, 흔들리지 않을 수 있다. 가슴에 품은 완벽을 향한 소망이, 더 나아지기 위해서 무엇을 해야 하는지 길을 보여주니까. 다시 말해, 남들이 자신과 상관없는 이야기에 열을 올릴 때, 당신은 자신에게 주어진 의무에 충실해야 매일 조금씩 나아질 수 있다.

수많은 타인의 지식을 나의 것으로 만들어 활용하려면, 이 사실을 제대로 인지해야 한다. 정보와 지식은 다르다. 그리고 지혜는 또 다르다. 위에 나열한 3가지 태도를 견지하며, 타인을 대해야, 타인의 정보를 나의 지식으로 변주할 수 있고, 일상에서의 실천을 통해 발효하며, 지혜를 추출할 수 있다. 정보는 기계도 쌓을 수 있는 모두의 것이지만, 그걸 변주해서 가공한 지혜는 나만의 것이라는 사실을 기억하며, 배움을 추구하는 삶을 살아라.

수천 년 동안 증명된
운명을 바꾸는 단 하나의 방법

지난 수천 년에 걸쳐 이어온
자신의 운명을 바꾸는 원칙은
생각 이상으로 간단하다.
중요한 건 머무는 공간이다.

모든 변화는
공간에서 시작한다.
사는 곳이 바뀌면,
만나는 사람이 바뀌고,
만나는 사람이 바뀌면,
바라보는 시선이 바뀐다.

다시 변화는 이어져서
바라보는 시선이 바뀌면,
생각하는 수준이 바뀌고,
생각하는 수준이 바뀌면,

당신의 운명이 바뀐다.

당신이 자주 머무는 공간이
곧 당신의 운명인 셈이다.
그러나 이것이 생각만큼
간단하지 않은 이유는,
살아가는 곳을 옮기는 것이
보통의 의지로는
매우 어렵기 때문이다.

분명한 확신이 들어야
당장의 희생을 각오하며,
공간의 이동을 결심할 수 있는데,
이동해서 얻을 결과에 대한
분명한 확신을 갖지 못한 사람들은
좀처럼 지금 사는 공간을 벗어나지 못한다.

하지만 그런 순간은 절대 오지 않는다.
바로 이 부분에 운명을 바꾸는 핵심이 있다.
확신은 떠나기 전에 갖는 게 아니라,

떠난 후에야 이렇게 찾아오는 것이다.
"떠날 때는 두렵기만 했는데,
떠나고 나니 왜 좋은지 알겠네!"

수많은 사람이 지금도
떠나면 알게 되는 그 가치를
자신을 찾아오기를 기다리다가
아까운 세월만 보내고 있다.

모든 방식과 인식을 바꿔라.
마치 확신을 가슴에 품은 것처럼
단단한 의지로 미련 없이 떠나라.
그럼 어느새 당신을 찾아온 확신이
당신이 진실로 원하는 곳으로
친절하게 안내할 것이다.

"인간은 운명의 노예가 아니라
자기 마음의 노예일 뿐이다.
누구든 마음을 움직일 수 있으며
운명도 스스로 결정할 수 있다."

인생이 서서히 나아지는 사람들의 하루는 3가지가 다르다

뭐든 빠른 것은 위험하다. 순식간에 이룬 결과는 순식간에 사라질 가능성도 높기 때문이다. 그래서 늘 하루하루 조금씩 무언가를 쌓아가는 사람들이 특별한 것이고, 그들은 서서히 자신의 삶을 나아지게 만들면서, 마침내 강력한 힘을 발휘하는 사람이 된다. 그렇게 세상이 주는 어떤 유혹과 고통 속에서도 흔들리지 않고, 자신의 인생을 살아가는 그들에게는 3가지 특징이 있다.

첫 번째 특징은 인내로 삶을 지탱하는 자본을 만들었다는 사실이다. 오랫동안 무언가를 해내려면, 인내는 기본이다. 이때 하나의 원칙을 정하고, 매일 루틴처럼 지키면, 인내심을 키울 수 있다. 이를테면 매일 팔굽혀 펴기 30개, 독서 40분, 산책 1시간 등처럼 다양한 영역에 적용할 수 있으니, 그것이 무엇이든 각자 자기 삶에 좋은 영향을 주는 것을 규칙적으로 실천해보자.

두 번째 특징은 본질을 찾는 연습으로 생존력을 높였다는 점이다. 그들은 매일 주변에서 일어나는 사건이나 상황에서 본질을 찾는 연습을 한다. 서서히 자신을 성장시키는 사람 모두가 독서를 강조하는 이유가 여기에 있다. 매일 책을 읽으며, 내용을 한 줄로 짧게 압축하면서, 주변에서 일어나는 모든 일의 본질을 파악하는 능력을 기르기 위함이다. 뭐든 반복해서 강하게 찌른다고, 힘을 보여줄 수 있는 건 아니다. 다만, 본질이라고 부를 수 있는 정곡을 찌를 수 있다면, 약한 힘으로도 자신을 드러낼 수 있다.

세 번째 특징은 모든 사람을 다 이해하려고 하지 않는다. 이들이 매일 반복해서 자신에게 들려주는 한마디가 있다. 바로 "나를 이해하지 못하는 사람은 나도 이해하지 않으면 된다."라는 삶의 지침이다. 진정한 경청이란, 모든 말을 다 듣는 게 아니라, '들어야 할 정도로 가치 있는 말'을 주의 깊게 듣는 것이다. 마찬가지로, 주변에 스치는 모든 사람을 다 이해하려고 하면, 시간만 낭비되기 때문에 정작 중요한 곳에 써야 할 시간을 남기지 못하게 된다. 꼭 이해해야 할 사람만 남기고, 나머지는 가볍게 스치는 게 자신을 위해서 좋다.

당신의 하루에 이 3가지 원칙이라는 씨앗을 심을 수 있다면, 분명 이후에 맞이하는 하루는 달라질 것이다. 다른 씨앗을 심었으니, 열매 역시도 달라질 수밖에 없다. 그러나 힘든 순간도 찾아올 것이다. 그때마다 이 4줄을 기억하며 다시 시작하면 된다.

"내가 항상 이길 수는 없다.

그러나 항상 도전할 수는 있다.

할 수 있는 걸 선택하면,

결국 할 수 있는 게 늘어난다."

몸은 늙기 때문에
경력이 되지 않지만,
생각은 깊어질 수 있으니,
쌓이면 경력이 된다.

"책을 읽으면 인생이 바뀐다."
많은 사람이 이런 방식의 표현으로
독서의 가치를 주장한다.
하지만 나는 전적으로 동의하지 않는다.
가장 중요한 것 하나가 빠졌기 때문이다.
그건 바로 '생각'이다.

저 문장을 이렇게 바꿔야,
독서로 원하는 삶을 바꿀 수 있다.
"생각하며 읽으면 인생이 바뀐다."
책은 작가의 생각을 텍스트로
단순히 변환한 것에 불과하다.
그것은 단순한 문자에 불과해서,
당신의 생각을 전혀 자극하지 못한다.

이는 매우 중요한 문제다.

"내가 성공하지 못한 이유가 뭔가요?"
당신이 만약 세상에 이렇게 묻는다면,
이런 답이 돌아올 것이다.
"너의 노력이 부족해!"
"사회 시스템의 문제야!"
이념에 따라서 답도 달라진다.

그러나 그 답은 모두 틀렸다.
문제는 역시 생각에 있다.
스스로 생각하는 삶을 살지 않았기에,
본인의 문제까지도 이렇게
남에게 묻고 의지하게 되는 것이다.
왜 자신이 성장하지 못하는 이유를
당신에 대해서 아무것도 모르는
사람들에게 묻고 의지하는가?

스스로 생각하지 못하는 사람은
살아가는 내내 스스로 생각한 자의
결론과 명령에 의지하며,
그들의 시녀로 살아야 한다.

그것도 돈과 시간을 그들에게 주면서까지.
얼마나 억울한 상황인가!
힘들게 번 돈까지 주며,
노예로 살게 되니 말이다.

부디 스스로 생각하고,
그대 자신의 삶을 시작해라.
"나는 스스로 생각하고 있나?"
라는 질문을 매일 끊임없이 던져라.
그리고 당신의 인생을 살아라.
그것이 당신이라는 존재에게
자유를 선물할 수 있는,
가장 지혜로운 방법이다.

가장 최상위의 목표를 세워야 하는
본질적인 이유

한 작가가 있다. 그가 출간하는 책은 '반드시'라고 말할 정도로 늘 베스트셀러가 되지만, 이상하게 10만 부 근처에서 힘을 잃고, 그 벽을 넘지 못했다. 집필과 마케팅에 아무리 신경을 써도, 마찬가지 결과를 만나야 했다. 매우 오랫동안 그 이유를 분석하려고 노력했지만, 마법처럼 10만 부 선에서 판매가 멈추는 상황을 해결할 방법은 찾지 못했다.

한 직장인이 있다. 그는 입사 이후 승승장구하며, 거의 최연소 부행장이 되었지만, 이상하게도 부행장으로만 10년 이상 지냈을 뿐, 행장이라는 벽을 넘지 못하고 퇴직을 했다. 한국을 대표하는 여러 은행에서 모두 부행장과 수석부행장을 역임했지만, 하루 24시간 내내 일에 몰입해도, 이상하게도 행장 자리에는 오르지 못했다.

어느 날 그들은 각자 자신이 처음 글을 쓰기 시작한 날과 처음 직장에 출근한 날 쓴 낡은 메모장을 발견한다. 거기에 매우 놀라운 기록이 남아있었다. 작가의 메모장에는 "10만 부를 판매하는 작가가 되자!"라는 글이, 직장인의 메모장에는 "최연소 부행장이 되자!"라는 글이 적혀 있었던 것이다. 그들은 결국 자신의 목표를 이룬 것이다. 하지만 안타깝게도 그 목표가 그들의 삶을 가로막는 거대한 벽이기도 했다.

놀랍게도 이건 실화다. 이런 일은 실제로 매우 자주 일어난다. 그래서 우리가 습관적으로 내뱉는 말이 더욱 무서운 것이다. 눈에 보이지는 않지만, '목표의 말'은 매우 힘이 세기에. 우리는 결국 스스로 말한 대로 된다. 지금 이 순간에도 우리는 말을 통해서 자신의 미래를 만들어 나가고 있다.

하나의 팁을 준다면, 당신이 무언가 되고 싶다면, '그냥'이라는 말을 가장 먼저 버려야 한다. 하다가 보면 잘되는 날이 온다는 생각은, 99% 이상의 확률로 망상에서 끝날 가능성이 높다. 세상에 존재하는 어떤 분야에서도 그냥 해서 잘되는 경우는 거의 없다. 미치도록 몰입하고, 작정해도, 생각처럼 안 되는 게 현실이다. 그러므로 정확하게 가려는 방향을 정해서, 분명한 원칙을 루틴으로 잡고, 끝없이 지속해야 원하는 결과를 만날 수 있다. 그 중심에 '목표의 말'이 있다. 무언가를 시작할 때는 늘 이렇게 자신에게 3가지 질문을 던져야 목표의 말을 섬세하게 다듬어 현실로 창조할 수 있다.

"내가 원하는 내 미래는 어떤 모습인가?"

"그걸 해내려면 나는 지금 뭘 해야 하나?"

"끝없이 지속하려면 또 무엇이 필요한가?"

이 3가지 질문을 통해 나온 답을 평생의 언어로 간직하며, 그대로 살면, 당신은 원하는 미래를 만날 수 있다. 꼭 기억해야 할 부분은, 앞서 살펴본 것처럼 상상할 수 있는 최상위의 목표를 세우는 게 좋다는 사실이다. 그래야 비로소 당신 안에 있는 재능을 깨울 수 있다. 재능을 깨우는 건 언제나 최상위의 목표다. 이러한 관점에서 우리가 자기 안에 있는 수많은 재능을 깨우지 못하고 사는 이유는, 굳이 그걸 꺼낼 정도로 높은 목표를 설정하지 못했기 때문이다. 일단 목표를 높게 설정하면, 우리는 결국 자기 자신에게 집중하게 되면서, 상황을 해결할 방법을 잠자고 있던 재능을 깨워서 찾게 된다.

다시 강조하지만, 현실에 맞춰 꿈과 목표를 낮추지 말고, 반대로 꿈과 목표에 맞춰서 현실이 상승하기를 소망해라. 당신이 간절히 원하는 모든 것이 아름답게 이루어질 것이다.

살다 보면 결국 깨닫게 된다.
학창 시절에는 인지하지 못했지만,
공부가 세상에서 가장 공평한 게임이다.
공부에도 물론 재능과 환경이라는
극복하기 어려운 변수가 있지만,
세상에 나와 보면 그것보다 더한
수많은 불공평한 것이 있다는 사실을
공부하던 시절을 떠올리며 비교하면,
쉽게 체감하며 이해할 수 있다.

이 글을 보고
"저는 이제 학생이 아닌데요.
학교에 다닐 때 알았다면 정말 좋았을 텐데."라며,
후회하는 사람도 있을 것이다.
그러나 당신도 아직 늦지 않았다.
공부는 학교에서만 가능한 게 아니니까.

지금도 우리는 언제든 공부할 수 있다.

읽고 쓰는 삶이 바로 그 시작이다.
농밀하게 읽고, 압축해서 쓰면,
당신의 삶은 오늘 더 근사해진다.
많이 읽고, 많이 생각한 후, 많이 쓰는 것이
바로 공부를 지탱하는 세 개의 기둥이다.
당신이 그 기둥을 탄탄하게 세울 수 있다면,
더는 어떤 미래도 두렵지 않게 될 것이다.

억지로 공부하라는 소리가 아니다.
우리가 오늘도 읽고, 생각하며, 쓰는 이유는
텅 빈 머리를 채우는 것이 아닌,
세상을 향해 열리게 하는 것에 목적이 있다.
자꾸 억지로 채우려고 할 필요는 없다.
모든 것을 받아들여 원칙을 세우고,
자기만의 철학을 갖는 게 중요하다.
자신의 방식으로 항해하는 사람은
어떤 파도가 다가와도 두려움을 느끼지 않으며,
오히려 그것을 활용할 방법을 찾아내는 법이니까.

6장

태양을 본 자가
촛불에 연연하지 않는 이유

단칸방에 살던 4식구가
1,370억의 주인이 되기까지

미국에 사는 한국인 부부가 있다. 남자는 26살인데 운동선수다. 다만 재능은 있지만, 아직 군대를 다녀오지 않았고, 팔꿈치 수술을 받는 등 안 좋은 일이 가득한 상황이다. 게다가 결혼까지 하여 두 아이까지 4식구이지만, 월급이 100만 원 수준이라 경제적으로도 매우 힘들다. 이에 가족이 겪는 고통을 더는 볼 수 없었던 그는, 아내에게 이렇게 말한다. "많이 생각했는데, 한국에 돌아가자. 나도 당신도 이제는 힘들 것 같아."

당연히 아내가 흔쾌히 받아들일 거라고 생각했던 그는, 단호한 얼굴로 이렇게 응수하는 아내의 말에 깜짝 놀란다. "나랑 애들 신경 쓰지 말고, 여기서 당신이 할 거 해. 당신이 처음 가졌던 꿈을 꼭 이루라고. 그게 내가 원하는 거야. 힘들지만 꿈을 이루려고 여기에 온 거잖아? 당신에게 방해된다면, 우리만 한국에 가면 되니까 마음 약해지지 말고, 당신의 꿈을 포기하지 마!"

이 말이 감동적이었던 이유는, 당시 아내는 건강도 안 좋은 상태

였기 때문이다. 몸도 마음도 고생이 심해서 한쪽 눈이 안 보이기 시작했고, 시력을 잃을 수도 있을 거라는 최악의 진단을 받았던 것이다. 그런데도 그녀는 여전히 처음처럼 남편의 꿈을 지지했고, 그가 꿈을 이룰 것이라고 강력하게 믿었다. 그리고 많은 사람이 비웃었던 그 믿음은 곧 현실이 되었다.

이 이야기의 주인공은 2013년 12월, 미국 메이저리그 텍사스 레인저스와 7년이라는 기간 동안 무려 1,370억 원이라는 거대한 금액으로 계약한 추신수다. 물론 막대한 세금을 내야겠지만, 주급으로 따지면 3억 원에 이르는 엄청난 계약을 해낸 것이다. 그들의 이야기를 전해주면, 남자와 여자에 따라서 전혀 다른 생각을 하게 된다. 이렇게 말이다.

> 남자: 저런 부인을 만나야 성공할 수 있다. 힘든 시절을 보내던 추신수를 위대한 선수로 만든 내조의 힘을 나도 받고 싶다!
> 여자: 저런 남편 만나면, 누구든 최고로 내조할 수 있지. 천억을 벌어오는 남편인데, 뭘 못하겠어!

많은 남자가 추신수 아내 같은 여자를, 많은 여자가 추신수 같은 남자를 만나고 싶어 한다. 그러나 내가 보기에 그들은 본인이 가진 강력한 힘을 전혀 모르고 있다. 자신의 가능성에 대한 사랑과 믿음이 전혀 없는 사람들이라고 볼 수 있다. 게다가 본인이 성공하지 못하는 이유가 단지 남편이나 부인을 잘 만나지 못한 탓이라 생각한다면, 당신은 정말 미련한 사람이다.

아마 많은 남편이 추신수 아내 하원미의 이야기를 듣고, 아내에게 "내게 내조를 잘해 달라."라는 이야기를 했을 것이다. 그러나 그런 식의 요구를 통해 아내에게 대부분 이런 냉소적인 대답을 들었을 것이다. "좋아 내가 뭐든 다 할게. 그럼, 당신도 추신수처럼 천억 벌어와!" 만약 당신이 이런 식의 말을 주고받았다면, 상대에 대한 100%의 믿음이 없는 사이라고 보면 된다.

추신수가 가장 힘들었던 시절, 그는 아내에게 이런 말을 전했다. "조금만 더 힘내자. 이제 거의 다 왔어. 너 고생한 거 보상받아야지." 그러자 그녀는 웃으며 이렇게 대답했다. "보상은 무슨. 내가 보상받으려고 그랬나?" 그녀는 그가 이룰 결과에 대한 보상이 아니라, 그저 그라는 한 사람을 믿은 것이었다. 진짜 믿음은 보상을 기대하지 않는 것이다. 그래야 이런 비현실적인 엄청난 노력이 가능하다. 바로 이렇게.

- 네 식구가 방 한 칸에서 생활해야 했던 그들. 하지만 남편이 야구에 전념하기를 바랐던 그녀는 남편이 잠에서 깨지 않기를 바라며, 2시간마다 젖 달라고 우는 아기를 아파트 복도로 나가 젖을 먹였다.
- 둘째 아이를 낳을 때, 남편이 원정 중이라 혼자서 병원까지 운전해서 출산을 마쳤고, 이후에는 큰아이를 돌보기 위해 출산 다음 날, 둘째 아기를 가랑이 사이에 끼운 채 직접 운전해 집으로 돌아왔다.
- 남편을 위해서 스포츠마사지 자격증을 취득해, 만삭의 몸일 때도 남편을 위해 마사지를 해줬다.

위험한 순간도 있었다. 그러나 그런 부분까지도 우리가 감동의 시선으로 바라볼 수 있는 이유는, 그녀는 내조의 여왕이 아니라, 믿음의 대가라는 생각이 들어서다. 이처럼 한 사람의 능력을 펼칠 수 있게 돕는 힘의 본질은 믿음에 있다. 상대의 열정을 제대로 쓸 수 있게 만드는 힘은 상대가 아니라 내게 있는 것이다.

열정이 피라면, 믿음은 핏줄이다. 믿음은 열정을 흐르게 만들어, 꿈을 이루게 만들어 주는 유일한 통로다. 실제로 추신수는 그녀의 믿음을 만나기 전까지, 열정만 가진 실패의 아이콘이었다. 그런 그는 그녀의 믿음을 통해 자신이 가지고 있는 진짜 능력을 보여줄 수 있었다. 아무리 좋은 의사도, 아무리 좋은 운동 시설도 최고의 선수를 만들 수 없다. 거기에는 사람에 대한 믿음이 없기 때문이다. 한마디로 믿음이 빠진 기술은 껍데기일 뿐이다.

　내가 가장 사랑하는 사람의 꿈을 이루어지게 하고 싶다면, 방법은 간단하다. 죽어도 믿을 수 없는 부분까지 죽을 만큼 믿으면 된다.

　○ ○ ○

사랑한다면, 믿어라.
함께 일하는 직원을,
함께 지내는 가족을 믿어라.
당신의 믿음이 상대의 마음에
닿을 정도로 강력하게!
머지않아 그들은 당신이
믿은 만큼 성장할 것이다.

온갖 삶의 불협화음은
당신이 특별해지고 있다는 신호다

'요즘 이상한 일이 자주 일어나고 있어.', '특이한 사건이 자주 일어나서 불안하네.' 당신이 만약 이런 식의 고민으로 인해 고통에 시달리고 있다면 더욱 이 이야기에 귀를 기울여 주길 바란다.

먼저 하나 묻는다. 클래식을 감상할 때 어떤 느낌이 드는가? 지루하다고 생각하는 사람도 있겠지만, 오랫동안 대중의 사랑을 받은 곡들은 보통 듣자마자 아름답다는 생각이 든다. 클래식이 아름답게 느껴지는 이유는 뭘까? 멜로디가 좋아서? 일정한 규칙이 있어서? 모두 아니다. 답은 상상을 벗어난 부분에 존재한다.

"불협화음 덕분이다."

우리가 아는 모든 아름다운 클래식 음악은 사실 온갖 불협화음의 집합소라고 볼 수 있다. 아무리 위대한 클래식이라도 그 안에서 불협화음을 제외하면, 순식간에 다른 음악과 같은 평범한 음악이 되어 버린다. 이유는 간단하다. 굳이 끝까지 듣지 않아도 예상할 수 있으며, 동시에 어떤 차별성과 개성도 부여할 수 없기 때문이다.

지금 당신에게도 그런 불협화음과 같은 일이 일어나고 있는가? 삶의 궤도가 주변 사람들과 비교할 때 전혀 다른 곳으로 흐르고 있는가? 사는 게 두려울 정도로 내일이 불안한가? 그렇다면 오히려 축하할 일이다.

당신이 지금 느끼는 그 모든 불안은 당신만의 음악을 연주할 수 있는 일상을 보내고 있다는 사실을 증명하는 것이므로. 걱정과 불안 그리고 초조한 마음은 당신이 다른 사람과 다른 무언가를 인생에 녹여 넣고 있다는 명백한 증거다.

전혀 다른 분야의 지식을 하나로 섞을 때, 다른 성질을 가진 분자를 하나로 모을 때, 우리는 극심한 불협화음과 같은 반작용이나 균열을 목격한다. 이러한 관점에서 지금 당신이 그런 하루를 보내고 있다는 것은, 곧 당신만 살 수 있는 특별한 하루가 펼쳐진다는 예고다. 삶의 불협화음을 두려워하지 마라. 특별해지고 있다는 뜻이니까.

통계에서 벗어나
자기만의 삶을 사는 법

처음 고(故) 이어령 선생을 만나 대화를 나눈 날을 잊을 수가 없다. 그는 1시간 정도 대화를 나눈 후, 자리에서 일어나 나가려는 나를 강력한 음성으로 붙잡으며 이렇게 외쳤다. "앞으로 김 작가가 할 수 있는 만큼, 얼마든지 나를 최대한 활용해! 나는 김 작가를 향해 열려 있으니까."

그렇게 우리는 10년 넘게 정기적으로 만나며, 다양한 주제의 이야기를 나눴다. 주제와 분야는 매우 다양했지만, 이야기의 방향은 'ONLY ONE의 삶을 살아가는 법'으로 늘 같았다. 여기에 우리가 오랫동안 치열하게 나눈 이야기를 10가지로 압축했으니, 자기만의 삶을 살고 싶다면, 매일 시간을 내서 반복해서 읽어보길 추천한다.

첫째, 가장 힘들 때 지성은 폭발적으로 성장한다. 그러므로 꼭 기억해야 한다. 가장 뛰어난 사람은 가장 힘든 순간을 거치며, 더 높은 수준의 지성을 자신의 것으로 만든다. 멈추지 않으면 가질 수 있다.

둘째, 1,000명이 떠나도, 혼자 남을 용기를 내라. 반대로 1,000명이 남아도, 혼자 떠날 용기를 내야 한다. 어떤 상황에도 흔들리지 않는 탄탄한 내면이 필요하다. 모두가 흔들리는 시기에 동요하지 않는 것이, 자기만의 삶을 사는 사람이 되기 위한 첫 과정이다.

셋째, 감정을 버리고 일 자체에 몰두하면, 그 안에서 창조성이 나온다. 일이 힘들다는 감정에 신경을 빼앗기면, 아무것도 할 수 없다. 힘들수록 일에 더 몰두해라. 일이 당신의 힘든 마음에 자유를 허락할 것이고, 거기에서 창조성이 탄생한다.

넷째, 늘 좋은 마음을 유지한 상태로 지내는 게 좋다. 좋은 것만 생각한다는 건 이런 것을 말한다. '불행 뒤에 또 불행이 온다.'라고 생각하지 않고, '불행 뒤에는 반드시 행운이 온다.'라고 믿는 것이다. 좋은 마음이 좋은 내일을 부른다.

다섯째, 일단 무언가를 시작했다면, 멈추지 말고 전진해야 한다. 태양을 본 자는 촛불에 연연하지 않고, 근사한 꿈을 품고 질주하는 사람은 연약한 바람에 멈추지 않는다. 자신의 모든 것을 믿고 앞으로 가라.

여섯째, 많이 듣고, 조금 말하라. 말하는 건 기본적으로 전혀 창조적인 행위가 아니다. 지금까지 듣거나, 경험해서 깨달은 것을 소리로 전하는 행위에 불과하기 때문이다. 그러니 지식을 자랑하려는 마음을 버리고, 자주 들어서 내면에 지식을 쌓겠다는 자세를 가져야 한다.

일곱째, 불행한 일은 상상하거나 입으로 말하지도 말아라. 불행은 자신을 말한 자에게 가서, 풍선처럼 점점 더 자신을 키우며, 고통만 주기 때문이다. 10번 불행한 생각이 들면, 1,000번 행복한 생각을 해서 불행을 말끔히 지워라. 이는 누가 대신해주지 않는다. 불행을 지울 수 있는 사람은 자기 자신뿐이다.

여덟째, 자신의 잠재력과 영원한 가치를 강력하게 믿어라. 인간은 무한한 가치를 지니고 있는 존재다. 그러므로 서둘러라. 아직 발견하지 못했을 뿐, 당신은 이 세상에서 꼭 해야 할 일이 많이 남아있다. 찾고 또 찾아라.

아홉째, 남의 조언을 들어서 잘된 경우는 극히 드물다. 자신의 사정을 가장 잘 아는 사람은 자기 자신이며, 누구보다 철저하게 자신을 아끼는 사람도 자기 자신이기 때문이다. 남의 이야기에서 벗어나 내면의 소리를 들어야 하는 이유가 거기에 있다.

열째, 이 모든 것을 기억하며, 마지막으로 이어령 선생이 내가 힘들 때마다 들려주던 이 말을 당신도 마음에 담아라. 그리고 힘을 내라. "부디 쫄지 말라고! 오히려 일이 잘되지 않을수록, 마치 잘되는 사람처럼 생각하고 행동해!"

열정이 피라면, 믿음은 핏줄이다.
믿음은 열정을 흐르게 만들어,
꿈을 이루게 만들어 주는 유일한 통로다.

인생의 근사한 출발점은
불행에서 시작한다

처음부터 원하는 도착지에 갈 수는 없지만, 누구나 어디에서든 시작할 수는 있다. 도착은 경험과 능력의 영역이지만, 시작은 의지의 영역이므로. 그래서 우리는 삶의 초보일수록 더 자주 시작해야 한다.

나는 지난 30년 동안 하루도 빠짐없이 매일 원고지 50매의 글을 썼다. 그로 인해서 내 마음과 가장 유사한 글을 쓸 수 있게 되었다. 이제야 내가 원하는 도착지로 내 마음을 정확하게 보낼 수 있게 된 것이다. 30년 동안 무수히 시작한 결과, 그런 수준에 도달하게 되었다. 당신도 당신의 삶에서 매일 반복해서 무언가를 시작한다면, 결국에는 원하는 지점으로 마음을 보낼 수 있게 될 것이다.

그러나 수많은 시작이 쉽지 않은 이유는, 무언가를 이루기 전 우리의 상황은 보통 불행하기 때문이다. 현실의 불행이 시작을 망설이게 만든다. 그래서 이렇게 말하며, 지금까지 살아온 방식대로 일상을 이어간다. "사는 것도 힘든데 그냥 대충 살자.", "인생 뭐 있냐.

오늘을 즐기자!" 하지만 근사한 인생을 살고 싶다면, 이런 식의 자신을 안주시키는 말에서 벗어나야 한다. 누구든 모든 것을 처음 시작할 때는 불행하고, 두렵고, 쓸쓸한 상태다. 중요한 것은 그 와중에 그걸 이겨내고, 무수한 시작을 반복하면서 모든 것이 달라진다. 또 나이가 들수록 사람의 얼굴도 자신의 삶을 닮아간다. 그 사람을 알고 싶다면 얼굴을 봐라. 세월이 쌓인 오래된 얼굴은 우리에게 진실만 알려준다.

늘 자신을 보라. 변화의 멋진 힘을 아는 사람들은 애써 타인의 변화를 촉구하지 않는다. 그 좋은 것을 왜 남에게 주는가? 그럼에도 자꾸만 타인에게 변해야 한다고 조언하는 사람들은, 그걸 통해서 자신이 어떤 이익을 가지기 위함이다. 변화는 귀한 것이라, 오직 자신의 힘으로만 가능하다. 아무것도 변하지 않을지라도, 내가 변하면 모든 것이 변하니까. 또한, 중간에 포기하지 않으면, 그는 결코 실패한 것이 아니다. 반대로 어떤 경우든 포기한다면, 그는 아직 가능성이 남아있더라도 실패한 것이며, 생명의 관점에서 보면, 일종의 자살을 한 것과 같다고 볼 수 있다. 그러하니 아직 가능성이 남아있는데, 함부로 포기하지 마라. 모든 실패는 가능성이 없어서가 아니라, 스스로 단념해서 생기는 결과다.

불행을 그저 나쁜 것이라고 생각하지 마라. 불행할 때 불행을 제대로 활용해야 한다. 그렇지 않으면 훗날 더 큰 불행을 맞이하게 되기 때문이다. 주변을 보면 연속해서 불행한 일만 찾아오는 사람들이 있다. 바로 그들이 불행을 활용하지 못한 이들이다. 불행을 통해 우리는 나를 진심으로 아끼는 사람과 내게 꼭 필요한 환경이 무엇인지 알게 된다. 그래서 우리는 불행할 때, 내게 소중한 사람과 환경을 재빠르게 구분하고 정리해야 한다. 그렇게 하지 않으면, 그것들로 인하여 더 큰 불행을 또다시 맞이하게 된다.

∘∘∘

불행을 스승으로 삼지 않으면,

반복해서 불행의 노예로 살게 된다.

불행을 불행으로써 끝맺는 사람은

반복해서 고통을 겪게 되고,

불행을 새로운 시작으로 활용하는 사람은

거기에서 자신의 불행을 멈출 수 있다.

불행 앞에서 단념하고 포기하는 사람이 되지 말고,

불행을 근사한 출발점으로

활용할 수 있는 사람이 되어야 한다.

당신의 꿈을 이루게 해주는
4줄의 공식

작가
인플루언서
강연가
기업의 대표 등

무엇이 되려는
사람은 매우 많은데,
무엇을 하려는
사람은 별로 없다.

작가가 되려면
글을 써야 하고,
인플루언서가 되려면
무언가 꾸준히 해야 하고,
강연가가 되려면
콘텐츠를 쌓아야 하고,

기업의 대표가 되려면
자신을 대표하는 무언가를
일상에서 배우면서 실천해야 하는데,
명사를 가지려는 사람은 많지만
동사는 외면하고 있는 셈이다.

그래서 동사 없이
명사를 가질 수 있다며,
온갖 카피로 대중을 유혹하는
각종 학원이 즐비하다.
학원의 카피는
대중의 수준을 증명한다.

당신에게 어떤 꿈이 있든,
다음 4줄만 기억하면 이룰 수 있다.
"동사를 품에 안으면,
명사는 저절로 따라온다.
하지만 동사를 스치면,
명사는 영원히 만날 수 없다."

금에는
금박을 입히지 않는다

여기저기에서 자신의 삶을 걱정하며,
미래에 대한 두려움에 떨며 묻는다.
"세상이 나를 알아주지 않으면,
그땐 어떻게 해야 하죠?"
"저는 여기에서 끝나는 게 아닐까요?"
"영영 기회가 찾아오지 않으면 어쩌죠?"

하지만 사실 그런 질문은
결과에 큰 영향을 미치지 못한다.
당신이 별이라면 빛날 것이고,
꽃이라면 결국 피어날 것이다.

당신은 없는 것을 보여줄 수 없고,
반대로 있는 것을 숨길 수도 없다.
그러니 무엇으로도 포장하지 말고,
그대 자신을 정면으로 응시하라.

금에는 금박을 입히지 않고,
꽃에는 향수를 뿌리지 않는다.
이미 빛나고 향기로우니
굳이 그럴 필요가 없다.
어떤 수식어로도 자신을 포장하지 마라.
그대는 그대이므로 이미 충분하다.

살고 싶은 미래를
현실화하는 법

"이기는 것 아니면 지는 거야! 둘 중 하나야, 다른 지점은 없어." 태어나면서부터 우리는 이렇게 경쟁을 강요받으며 살고 있다. 살기 위해서는 반드시 이겨야 하고, 철저하게 앞서 나가지 못하면 두려움에 휩싸여, 잠시도 자신을 가만히 두지 못한다. 온갖 스펙을 쌓으며, 늘 경쟁을 준비해야 한다.

그런데 요즘 많은 사람이 소망하는 30대에 파이어족이 된 사람이나, 자기 삶을 자유롭게 살면서 물질적인 여유까지 즐기는 사람들은 보통의 사람과 전혀 다른 차원의 경쟁을 하며 살고 있다. 그들이 하는 경쟁을 한 줄로 압축하면 이렇게 표현할 수 있다.

"경쟁을 하지만, 경쟁하지 않는다."

이게 과연 무슨 말일까? 먼저 경쟁이라는 단어는 라틴어에서 왔는데, 그 의미가 우리가 알고 있는 기존의 것이 아니라, '함께 노력한다'라는 뜻이라는 사실을 알 필요가 있다. 다른 사람을 제압하고,

힘으로 이기는 것과는 전혀 상관이 없는 말이다. 그리고 당신이 부러워하는 인생을 자유롭게 살면서, 물질적 여유까지 즐기는 그들은 이 점을 가장 멋지게 활용한다. 경쟁이라는 단어를 바라보는 시각을 바꿔서 다른 미래를 창조하는 것이다. 그들이 추구하는 경쟁의 철학은 이러하다.

> "쉬운 일에는 수많은 경쟁자가 나타나지만, 어려운 일에서는 오히려 경쟁자를 만나기 힘들다."

그들은 가장 어려운 일에 자신을 맡긴다. 과연 그건 어떤 삶을 말하는 걸까? 당신의 짐작과는 조금 다르고, 예상 밖의 방법이니 집중해서 읽어보길 바란다. 이를테면 그들이 글을 쓰며, 강의를 하는 직업을 가진 사람이라면, 같은 분야에 종사하는 사람들을 오히려 응원하고 칭찬한다.

한번 생각해보라. 책을 내고, 강연을 하는 사람들은 작가와 강사가 그들의 경쟁 상대다. 그런데도 그들은 주변 작가들이 책이 나올 때나, 좋은 강연을 했다는 글에 더욱 적극적으로 찾아가 좋아요와 댓글을 남긴다. 어떤가? 사실 경쟁자를 칭찬하고, 좋은 글을 남긴다는 것은 사실 세상에서 가장 하기 어려운 일 중 하나다. 하지만 그들은 경쟁자를 격려하고, 최고라고 외친다.

그게 바로 그들이 선택한 경쟁을 하지만, 경쟁에서 벗어나는 방법이다. 스스로 먼저 상대를 존중하며, 좋은 마음을 전하려는 선택을 하면, 그 순간부터 경쟁에서 벗어날 수 있게 된다. 이 포인트가 핵심이다. 작가와 강사로서 그들과 다른 길을 걷겠다는 신호와도 같기에. 또한 이 방법은 순서가 매우 중요하다. 그저 남들이 잘되는 모습이 보기 싫어서, 혹은 그들 이상으로 뛰어난 결과를 낸 이후에 손을 내밀겠다는 생각을 하면, 평생 목표를 이루지 못할 가능성이 높다. 그러나 먼저 되려는 모습을 보여주면, 그런 일상을 통해 되려는 지점으로 당신을 인도할 좋은 방법을 찾아낼 수 있다.

그러므로 당신이 현재 경쟁자들보다 부족한 상태라면, 더욱 자주 찾아가고, 그들에게 좋은 소식이 들릴 때마다 진심으로 축하하는 마음을 전해야 한다. 그것이야말로 경쟁을 하지만, 경쟁에서 벗어나게 하고, 살고 싶은 미래를 현실로 만드는 가장 지혜롭고 빠른 방법이다.

○ ○ ○

당신이 살고 싶은 미래를
오늘로 끌어와서 당장 살아라.
부르면 언제든 만날 수 있다.

노력이 재능을 지우는 순간
기적이 일어난다

인생에서 가장 큰 슬픔으로
다음 3가지를 말하기도 한다.
하나, 할 수도 있었는데.
둘, 했어야 했는데.
셋, 해야만 했는데.

그러나 아무리 후회하며 다시 돌아가도
우리는 또 하지 않을 가능성이 높다.
그 이유는 본질과 맞닿아 있는 것인데,
해야 할 가치를 완벽히 모르기 때문이다.
뭐든 완벽에 가까울 정도로 가치를 알아야,
위험을 무릅쓰고 선택할 수 있다.

가치를 발견하는 안목이 결국
그 사람이 가진 모든 재능이다.
우리가 오늘도 스스로 원하는

무언가를 성취하지 못하는 이유는,

재능이 없어서 발생하는 문제가 아니라는 말이다.

뭐든 하나를 지겹게 반복하다 보면,

눈앞이 환하게 빛나며, 이런 생각을 하는 순간이 온다.

'이건 나의 재능인가, 혹은 노력인가?'

재능으로 이룬 결과인지,

노력으로 이룬 결과인지,

착각하게 되는 순간이 오는 것이다.

쉽게 말해서 노력이 재능을 지우는 순간이다.

그때 우리는 기적을 만날 수 있다.

재능만으로도 불가능하고,

그저 그런 노력만으로도 불가능하다.

반드시 재능을 지울 정도의 노력이 필요하다.

재능은 시끄러운 소리와 같고,

노력은 조용히 퍼져나가는 향기와 같다.

조용한 음성으로 자신을 이끌지 못하는 사람은

아무리 소리를 높여도,

다른 결과를 기대할 수 없다.

당신이 별이라면 빛날 것이고,
꽃이라면 결국 피어날 것이다.

단 1초라도
타인의 이유로 살지 말라

세상에 순응하며 사는 사람들이
남과 자신을 비교하는 이유는 둘 중 하나다.
상대를 낮춰서 나를 높이는 효과를,
혹은 반대로 상대를 높여서
나를 낮추는 효과를 만나기 위해서다.
전자는 사실을 부정하는 것이고,
후자는 자신을 학대하는 행위다.
그게 뭐든 둘 다 자신에게 최악이다.

흔들리지 않고 차근차근 성장하는
자기 삶을 사는 어른들은
다른 사람들의 포트폴리오에는
아예 관심을 두지 않는다.
그건 결코 자신의 것이 아니며,
단 하나의 비교 대상은
오직 어제의 자신이므로.

오늘의 다른 사람을 바라보지 말고,
어제의 자신을 집중해서 보라.
오늘의 타인이 아닌
어제의 당신에게,
성장에 필요한 모든 답이 있다.

빠르게 움직여야 한다.
단, 서두르지는 마라.
서둘러 도착한 곳과
빠르게 도착한 곳은
결코 같을 수가 없다.

빠르다는 것과
서두른다는 것의
비슷하지만 거대한 차이를
당신이 깨닫게 된다면,
어제와 다른 오늘을 살 수 있다.
"단 1초라도 타인의 이유로 살지 말라.
단 1초라도 당신의 이유로 살아라."

평생 행복하게 성장하려는 사람들에게 필요한 2가지

주변에 혹시 이런 식으로 불평 섞인 타인에 대한 평가를 자주 내뱉는 사람이 있다면, 가급적이면 만나지 않는 게 좋다. "저 사람 만나보니 생각과 다르더라. 나 이번에 완전히 실망했잖아.", "예상과는 너무 다른 사람이더라. 크게 실망해서 다시는 상종하지 않으려고." 이러한 타인에 대한 평가는 무엇이 문제일까? 자신이 만난 사람이 짐작했던 이미지와 전혀 다르다며, 원색적으로 비난하는 사람들에게는 다음 2가지 공통점이 있다.

하나는 매우 결정적인 부분인데, 바로 '사람 보는 눈이 없다는 것'이다. 잘 생각해보면, 사람을 제대로 보는 안목이 없으니, 자꾸만 생각과 달라 실망하게 되는 것이다. 처음부터 그 사람의 말과 글을 제대로 볼 줄 아는 안목이 있었다면, 만나서 실망할 일도 애초에 생기지 않는다. 다시 말해, 실망했다는 말은 스스로 자신의 안목이 매우 낮은 수준임을 증명하는 셈이다.

또 하나는 '부정적으로만 사람을 본다.'는 사실이다. 세상 그 어떤 사람에게서도 우리는 얼마든지 좋은 부분과 장점을 찾아낼 수 있다. 그런데 그건 의지의 문제다. 그걸 해내지 못하는 사람들에게는 좋은 점을 찾으려는 의지가 없고, 의지가 없으니 나중에는 이미 갖고 있던 최소한의 안목까지 잃게 된다.

결국 이런 방식으로 말하는 사람들은
우리들 삶에 아무런 도움이 되지 않는다.
"저 사람, 보기와 다르더라.
나 완전히 실망했잖아."

대신 반대로 이렇게 말하는 사람과
자주 접촉하고 교류하면,
삶이 아름다워지며, 본인의 성장에도 좋다.
"저 사람 실제로 만나보니까,
짐작한 대로 정말 좋은 사람이더라."
"이런 장점을 꼭 배우고 싶었는데,
내게 잘 맞는 좋은 사람이야."

평생 성장하며 행복하게 살아가는 사람에게는
2가지 능력이 꼭 필요하다.

하나는 '사람을 제대로 보는 눈'이고,
또 하나는 어떤 어려운 상황에서도
'좋은 것을 보려는 의지'이다.
그런 능력을 가진 사람을 곁에 많이 두면,
그만큼 행복하게 성장하는 데 큰 도움이 된다.

암흑기 속에서도
결국 성장하는 사람의 비밀

살다 보면 갑자기 일이 잘되지 않아 이런 생각을 할 때가 있다. '대체 왜 갑자기 이러는 거지?', '직업을 바꿔야 하나?', '직장을 옮겨야 하는 건가?' SNS도 마찬가지다. 예를 들어 인스타그램에 과거와 같은 방식으로 글을 올리고 있지만, 이상하게 도달이나 팔로워의 숫자가 급격하게 떨어진다.

이때 상황을 대하는 태도에 따라 반응은 2가지로 나뉜다. 99%의 사람은 시선을 바깥으로 돌리며, 이런 고민을 한다. '인스타그램 알고리즘에 무슨 문제가 생겼나?', '유입되는 사람 숫자가 갑자기 줄었나?', '인스타그램 접고 유튜브 시작할까?' 반대로 1%의 소수는 자기 안으로 들어가 이런 질문을 쏟아낸다. '내 글에 무슨 문제가 있나?', '너무 안이하게 글을 쓰고 있나?', '사진과 글이 어울리지 않나?' 그리고 이를 통해 아래와 같은 질문을 창조해낸다.

"예전보다 더 좋은 반응을 얻으려면 어떻게 해야 할까?"

"상황이 바뀌었지만 내 힘으로 나아질 수 있지 않을까?"

"무엇을 바꾸면 과거 이상의 성과를 낼 수 있을까?"

이처럼 암흑기 속에서도 언제나 급성장하는 사람들은 생각이 다르다. 그들은 모든 상황에서 문제를 바깥이 아닌 자기 안에서 찾는다. 성장의 시작은 모든 문제의 원인을 내 안에서 찾는 태도에 있다. 자기 사업과 직장에서 일하는 삶, 모두 동일한 법칙이 적용된다.

지나가는 사람이 적어서, 혹은 주변 상황이 안 좋아서 사업이 잘되지 않고, 일이 성과를 내지 못한다고 생각하면, 그들은 앞으로 나아지기 어렵다. 상황을 바꾸는 건 개인이 하기 힘들고, 쉽게 바꾸기 어려운 일이기 때문이다. 하지만 그럴 때마다 자기 안에서 문제를 찾고, 나아지려고 노력한다면, 상황은 완전히 바뀐다. 그건 매일 스스로에게 기회를 주는 것과 같다.

시대와 환경에 상관없이 성장하는 사람이 되려면,
생각의 패러다임을 아예 바꿔야 한다.
통계를 이기려고 애쓰지 말고,
통계에서 벗어나려는 생각을 해야 한다.
매우 중요한 성장의 본질이다.
그게 바로 자유와 성장을 동시에 추구하며,

나날이 행복해지는 사람의 태도다.

자신이 생각하는 세상을 만들어 나가는 창조자의 삶을 살고 싶다면, 경쟁에서 이기려는 관점이 아닌, 경쟁에서 벗어나려는 관점에서 세상을 바라봐야 한다. 그래야 어떤 암흑기에서도 기계가 대체할 수 없고, 사양산업에 속하지 않는, 통계 밖의 삶을 살아갈 수 있다.

당신이 반복한 것이
곧 당신이다

20년 동안 손으로 설거지를 하던 사람이 최근에 식기세척기를 구매했다. 그럼, 그는 앞으로 어떤 일을 겪게 될까? 평소처럼 손으로 설거지를 끝낸 후에야 최근 구매한 식기세척기가 눈에 들어올 것이다. 20년이라는 오랜 기간 동안 손으로 설거지를 하던 세월의 습관이 식기세척기라는 현실의 눈을 가린 것이다.

99일 동안 자신의 식욕을 다스리며 소식을 하다가, 딱 하루 과식한다고 갑자기 살이 찌지 않는 것처럼, 99일 마음껏 먹고 싶은 대로 과식을 하다가, 딱 하루 소식한다고 갑자기 살이 빠지진 않는다. 더 오랫동안 반복한 것이 우리의 현재를 완성했으며, 지금도 우리는 자신이 반복한 대로 만들어지고 있다. 당신의 오늘은 지금까지 반복해서 보고, 듣고, 실천한 것들의 합이다.

"당신이 반복한 것이 곧 당신이다."

날이 갈수록 더욱 성장하고, 이전보다 나아진 삶을 살고 싶다면,

우리가 반복해서 실천하는 것이 곧 우리의 현재 모습이라는 사실을 조금이라도 빠르게 깨달아야 한다. 더불어 근사한 어른이 되기 위해서는, 다음에 제시하는 5가지 습관의 효과와 철학을 몸에 익혀서 반복하는 세월이 필요하다. 자, 지금부터라도 당신이 반복한 습관과 철학이 당신의 존재를 정의하게 해라.

첫째, 반복의 힘을 믿는 것부터가 시작이다. 단 하루 실천한 습관은 한 줄의 실처럼 연약해서 잡아당기면 쉽게 끊어지지만, 매일 반복하면, 실이 서로 엮이면서 누구도 끊을 수 없을 정도로 강해진다.

둘째, 방향 정하기다. 습관을 바꾸고 싶다면, 행동을 어떻게 어떤 방향으로 바꿀 것인지를 먼저 구상해야 한다. 방향을 처음부터 제대로 잡지 못하면, 나중에는 전혀 엉뚱한 곳에 놓여 있을 수 있기 때문이다.

셋째, 습관은 가장 지혜로운 지성의 소유자다. 자신을 제대로 활용한 사람에게 무엇이든 가질 수 있게 해주며, 동시에 무엇이든 할수 있게 해준다.

넷째, 세상 모든 일이 그렇지만 나쁜 것들은 우리 삶에 쉽게 침범해서 순식간에 내면을 망치지만, 좋은 것들은 갖기 어렵다. 습관도 그렇다. 좋은 습관을 가지려면, 애를 써야 하며, 동시에 나쁜 습관이 찾아오지 않도록 주의해야 한다.

다섯째, 습관은 마치 굽기 전 생지 상태와 같은 성질을 갖고 있다. 생지 상태일 때는 크기가 작아서 '과연 먹을 만한 빵이 될 수 있을까?'라는 의문을 품게 되지만, 오븐에서 점점 익으면서 크기가 몇 배나 커지듯, 습관 역시 시간이 지남에 따라 그 크기를 스스로 확장한다.

무엇이 되고 싶은가? 당신이 무엇을 원하든 당신은 만나고 싶은 미래의 당신을 만날 수 있다. 단지, 그 모습에 맞는 습관과 철학을 몸에 익혀서 반복하기만 하면 된다.

에필로그

지금 당장 자신을 위한 최선의 존재가 되세요

안타깝게도 많은 사람이 세상을 떠나는 마지막 순간, 가까스로 자신을 위한 최선의 존재가 된다. 수많은 날을 잃고서야, 마지막 날에 자신을 위해서 살 수 있게 되는 것이다. 그토록 남이 아닌 자신을 위해서 살아야 한다는 말을 들었지만, 인지하지 못하다가 죽음 앞에서야 생생한 깨달음을 얻게 되는 것이 우리 삶이다. 하지만 당신은 이 책을 모두 읽었으니, 그 어리석은 삶을 거절하기를 소망한다. 맞다. 나는 당신이 죽음 앞이 아닌, 오늘이라는 빛나는 무대 위에서 지금 당장, 자신을 위한 최선의 존재가 되기를 바라는 마음으로 이 글을 썼다.

어른이 된다는 것은 자신의 이유로 살게 된다는 사실을 의미한다. 그리고 그러한 태도로 산다면, 인생을 둘러싼 수많은 비밀을 저절로 깨닫게 된다. 이를테면 분야는 모두 다르겠지만, 세상의 모든 대가는 자기 삶의 무대 위에서 떨고 있는 사람들에게 "즐긴다는 마음으로 해보세요."라고 조언한다. 그런데 그런 식의 조언은 현실에서 쉽게 적용이 되지 않는다. 이유가 뭘까?

나는 월드컵을 시청할 때마다 자기 일을 즐긴다는 게 무엇인지 브라질 선수들의 경기 모습을 보며 깨닫게 된다. 그들은 순간순간 비디오 게임을 하듯이 그간 쌓은 기량을 약속한 틀에 맞춰서 하나하나 현실로 구현한다. 표정에서 정말 즐기고 있다는 사실이 선명하게 느껴져서 보는 사람까지 좋은 기분으로 만든다. 응원하는 팀은 모두 다르지만, 끝에는 브라질 선수들을 보며 경탄하고, 좋은 기분을 느끼게 되는 것이다.

이쯤에서 우리는 이 사실을 깨달아야 한다. 즐기라는 대가의 조언이 듣기에는 참 멋지지만, 우리의 현실에서는 통하지 않는 이유는, 일을 즐기려면 '우선 그 일을 엄청나게 잘해야 하기 때문'이다. 한마디로 엄청난 실력을 갖고 있는 사람만이 일상을 게임처럼 즐기며 살 수 있다. 결국 우리에게 먼저 필요한 건 '즐기겠다는 마음'보다, '즐길 수 있는 실력'이다.

대가들의 조언을 생각 없이 받아들여 삶에 적용하면, 그 삶은 곧 망가진다. 앞서서 살펴본 것처럼 그들의 말에는 아직 열리지 않은 비밀의 문이 매우 많기 때문이다. 하지만 당신은 이 책을 통해 그 비밀의 문을 열 수 있게 될 것이다. 그리고 마지막으로 이것 하나만 기억하면 된다.

"못되게 말하고 행동하는 사람을 바람처럼 스쳐라."

누군가 당신에게 자꾸만 싫은 말을 반복해서 들려주면 그건 당신이 못나서가 아니라, 당신이 부러워서라는 사실을 기억해라. 소인배들은 자기보다 나은 사람을 싫어하고, 자신보다 못한 사람을 부려 먹기를 좋아한다. 수많은 소인배를 가볍게 스칠 수 있어야 비로소 더욱 강한 자기만을 위한 존재가 될 수 있다.

그러니 이런 말은 아예 인생에서 지우자.

"내가 뭐 제대로 할 수 있겠어?"
"그냥 적당히 하고 사는 거지."
"다들 그렇게 살아, 특별할 거 없어."

대신 이런 말을 자주 자신에게 들려줘라.

"이 골목을 돌면 좋은 소식이 생길 거야."

"오늘은 또 어떤 근사한 일이 생길까?"

"난 정말 행복하고, 내 인생을 기대해!"

우리들 인생에서 벌어지는 모든 좋은 일은 사용하는 말을 바꾸면서 얻을 수 있는 기적이니까.

넘어진 현실에 아파하면
불행한 기록을 남기게 되지만,
일어설 내일에 기뻐하면
나만의 스토리를 쓸 수 있다.

"이제 당신의 이야기를 써라."

원래 어른이 이렇게 힘든 건가요

ⓒ 김종원 2023

초판 1쇄 인쇄 2023년 1월 16일
초판 1쇄 발행 2023년 1월 25일

지은이	김종원
편집인	권민창
책임편집	윤수빈
디자인	김윤남
책임마케팅	윤호현, 김민지
마케팅	유인철, 이주하
제작	제이오
출판총괄	이기웅
경영지원	김희애, 박혜정, 박하은, 최성민

펴낸곳	㈜바이포엠 스튜디오
펴낸이	유귀선
출판등록	제2020-000145호(2020년 6월 10일)
주소	서울시 강남구 테헤란로 332, 에이치제이타워 20층
이메일	mindset@by4m.co.kr

ISBN   979-11-92579-40-5 (03810)

마인드셋은 ㈜바이포엠 스튜디오의 출판브랜드입니다.